O DESTINO
DE IRENE

O DESTINO DE IRENE
Tamyris Torres

Sarvier, 1ª edição, 2023

Revisão
Maria Ofélia da Costa

Impressão e Acabamento
Digitop Gráfica Editora

Direitos Reservados
Nenhuma parte pode ser duplicada ou
reproduzida sem expressa autorização do Editor.

sarvier

Sarvier Editora de Livros Médicos Ltda.
Rua Rita Joana de Sousa, nº 138 – Campo Belo
CEP 04601-060 – São Paulo – Brasil
Telefone (11) 5093-6966
sarvier@sarvier.com.br
www.sarvier.com.br

Dados Internacionais de Catalogação na Publicação (CIP)
(Câmara Brasileira do Livro, SP, Brasil)

Torres, Tamyris
    O destino de Irene / Tamyris Torres. -- 1. ed. --
São Paulo : Sarvier Editora, 2023.

    ISBN 978-65-5686-035-0

    1. Romance brasileiro I. Título.

22-136047   CDD-B869.3

Índices para catálogo sistemático:
1. Romance : Literatura brasileira   B869.3
Inajara Pires de Souza – Bibliotecária – CRB PR-001652/O

O DESTINO

DE IRENE

TAMYRIS TORRES

sarvier

Agradecimentos

Até eu acreditar que podia, passaram-se anos. Sem análise pessoal, nada seria possível.

Ao meu amor, Yan, obrigada por me ajudar a crer, por me compreender quando ficava difícil e por me proporcionar as condições necessárias para o meu desejo ser construído. Fernanda, gratidão pela paciência em entender quando eu precisava trabalhar. Ver você crescer é uma benção em minha vida. Amanda e Julia, agradeço pela confiança e por me permitirem estar presente em suas vidas. Eu amo todos vocês.

Minha querida tia Penha, eu serei sempre grata por ter cuidado de mim, me dado carinho, amor e educação.

Aos meus pais, mesmo já não estando aqui para ler este agradecimento, me sinto honrada por ter aprendido com vocês a importância de estudar e da independência em minha vida.

À minha mãe Rose, pelo afeto compartilhado pelos livros. Ao meu pai Reinaldo, por ter investido na minha faculdade.

Aos meus irmãos Reinaldo Jr. e Nysla, obrigada por me mostrarem que podemos ser quem somos, por me ensinarem sobre cuidar daqueles que amamos e por todos os anos sendo a "café com leite" de vocês!

Drielly, Izabelly, Rayan e Kamilly: um beijo no coração de vocês. Espero continuar sendo a titia mais gente fina que vocês têm! Vó Cleusa e vô Kiner, eu sei que, de onde vocês estiverem, são felizes por me verem chegar até aqui.

Prólogo

A referência mais remota do que é o feminino nos traz à tona o mito de Lilith. A primeira mulher que se tem conhecimento, a primeira esposa de Adão, que dispensa apresentação. O primeiro homem encorajado pelas forças divinas do firmamento a ser o macho alfa, o líder, o homem de uma mulher que deveria respeitá-lo, amá-lo e segui-lo sem questionar qualquer decisão que fosse. Assim foi a vida de Lilith, até o dia que ela passou a desejar. E no dia que ela percebeu que poderia ser alguém sem Adão, apagaram o seu nome da história da humanidade, nascendo Eva, uma mulher que não veio do mesmo barro que Adão, como Lilith, mas alguém que saiu do próprio corpo daquele homem, a quem ela deveria obediência para o resto de sua vida.

Eva também ousou a desejar e, mesmo sendo carne da mesma carne daquele homem, pensou que se provasse do fruto do conhecimento poderia saber mais e, assim sendo, descobrir novas informações, um mundo que até então era desconhecido. A pena para ambas as primeiras mulheres, Lilith e Eva, salvo as suas diferenças, foi bastante semelhante: por desrespeito, por não querer ser menos, por não desejar o mesmo que um homem, estariam fadadas a grandes maldições em suas vidas.

Lilith, um demônio sedutor, assassina de parturientes e recém-nascidos. Uma mulher excluída, perversa e sem caráter, menosprezada, abandonada, aprisionada no inferno pelo simples fato de apreender que a sua sexualidade tinha valor.

Eva, o ser mais culpado de toda a existência, encarregada de todas as chagas e males do mundo, uma mulher que quis ter o poder do saber e foi retirada do paraíso, açoitada e acometida de dores, sangramento mensal, que carregou toda a humanidade junto com ela. Pobre Eva, ela só queria descobrir o que era ser para além do corpo de Adão.

Essa é também a história de Irene, mulher, que, obrigada a ser o que não queria, viu-se presa em um mundo que estava planejado muito antes de ela nascer. O Destino de Irene trata da vida que poderia ser de qualquer uma, já que os mitos ancestrais às vezes não são esquecidos pela sociedade. Sabe-se lá se mesmo existiram na realidade. Mas, independente disso, vivem no imaginário de cada uma de nós, que precisa lutar diariamente para transformar o meio em que se vive.

A História Mundial mostra que as mulheres sempre estiveram em posições de subjugação. Já fomos queimadas em fogueiras santas, inferiorizadas como animais, vistas apenas como uma barriga para procriação, bruxas e feiticeiras capazes de enfeitiçar e seduzir homens, obedientes, cuidadoras de maridos, filhos e casas. Estivemos, há séculos, percorrendo um longo caminho de igualdade, aceitação tal qual como somos. Fomos impedidas de votar, de estudar, de escolher nossas profissões, nossos destinos...

Fomos obrigadas a seguir o caminho que nos impuseram, acatando ordens, fabricando bebês, sonhando com o que poderíamos ter nos tornado. Com Irene, personagem principal deste livro, aconteceu o mesmo. Com uma família adoentada pelos tormentos de uma vida infeliz, viu-se obrigada a cursar a faculdade de Medicina. Sem voz, não conseguiu fazê-los entender que a sua aptidão era outra. Afogada em caos e tormento, decidiu levar a vida que Valquíria, sua mãe, e Ícaro, seu pai, tinham planejado. Contudo, uma série de transtornos psíquicos e más decisões a fez perceber que havia se tornado permissiva demais, também pudera, não estava acostumada a tomar as rédeas da própria vida.

Hoje, podemos decidir exatamente onde queremos estar, com quem queremos estar e será que queremos estar com alguém? O modo que experimentamos a liberdade é atualmente aniquilado pelos grilhões que nos prendem em nossas próprias mentes. Há uma longa história por trás das amarras de Irene. Requer muito tempo até que os pensamentos sejam livres, sendo preciso contar com uma família que se comprometa com afetos específicos e empáticos para cada momento. Somente assim, ela estará em condições de escolher se responsabilizar pelo próprio destino.

O Destino de Irene trata da vida de uma mulher presa em corpo e mente pela história da própria família. Pais imperfeitos e obrigados a viverem uma vida que não gostariam, pessoas atuando e sobrevivendo um dia de cada vez, destinaram Irene a uma carreira indesejada, que, maltratada pela arrogância e desatinos de seus pais, viverá um percurso de libertação e desalienação. Será a primeira da sua linhagem a quebrar os elos de uma corrente pesada, passada de pais para filhos.

Esse trajeto, até descobrir que poderia ser capaz, terá consequências marcantes para Irene e seus irmãos Caio e Camila. Com uma mãe invasiva, eles não percebem que acabam acatando ordens de uma pessoa que desejava que os filhos fossem como à sua imagem e semelhança. Não que ela compreendesse que fosse impossível ou até mesmo mau, só que não quer dizer que não tenha prejudicado a vivência de três crianças que passaram a infância, adolescência e sua fase adulta com alguém que, por não conseguir se tratar psiquicamente, colocava-os em situações de insegurança, mal-estar e vulnerabilidade.

O cenário desta história se passa, inicialmente, na década de 1980, com Irene vivendo sua adolescência e todas as situações, sensações, emoções e traumas dessa época na vida de uma menina arredia e ansiosa. Desde cedo, aprendeu que o melhor que poderia fazer era se calar quando sua mãe iniciava um debate. Por muitas vezes, viu seu pai ser permissivo e sem uma atitude diferente de Valquíria. Logo, entendeu que confiar em alguém era uma tarefa difícil e que se esconder em seu mundo parecia ser mais atraente do que se expor e correr o risco de ser seriamente repreendida. Desde criança, ela tinha a sensação de não ser amada pelos pais, que faziam comentários que machucavam, como no dia em que contaram para ela que eles não haviam a desejado, que a gravidez foi um susto e tudo, em suas vidas, precisou ser reprogramado. Não foi à toa a escolha da década em que se passa esta história. Considerada, por mim, anos envolvendo muitos tabus, principalmente os que estavam relacionados com família, filhos antes do casamento e as aparências que eram necessárias serem mantidas quando um acontecimento como, por exemplo, filhos "antes do tempo" ocorria.

Tanto Ícaro quanto Valquíria vinham de famílias burguesas nucleares. Os homens eram os provedores do lar, e as mulheres, as ajudantes e procriadoras de filhos. Esse pequeno e outros fatos foram o suficiente para tornar tudo mais difícil de digerir quando os dois se veem sem opção senão a de se casarem e "serem felizes para sempre". Como toda boa família "margarina", os acontecimentos não deixam de existir, só que são bem tamponados. Às vezes eficientemente apagados que ambos não conseguiram enxergar os problemas passados pelos filhos, principalmente com Irene, a personagem principal da trama. Médicos tradicionais custarão a entender que a filha mais velha precisava de alguém que a escutasse e, por isso, só quando as coisas ficaram extremamente difíceis resolveram procurar um psicanalista para Irene.

Imersos em suas vidas ocupadas, trabalhando para construírem um império hospitalar, deixaram de enxergar as demandas que qualquer adolescente de 14 anos teria. Entenderam que se ela se cuidasse para manter as aparências em dia, tudo ficaria bem e foi por isso que não acompanharam o suficiente as sessões dela. Sentindo-se errada por pensar e desejar algo diferente dos pais, ela cai numa trama de amarras que só com muito esforço seria possível sair.

Assim, passam-se os anos para Irene, que, entre erros e acertos, vai sobrevivendo do jeito que dá, mas com aquela pontadinha de incômodo que nunca cessou de existir. Essa angústia a fez querer mais para si e mesmo com todos os momentos traumatizantes, procurou transformar a sua vida para que fosse realizada em sua plenitude. Esta é a Irene, uma mulher com uma bagagem sofrida e de espírito valente.

Essa história fala, sobretudo, de esperança. Pois, mesmo quando tudo parece ser difícil de mudar, até quando pensamos que idade, gênero, forma, formato, decisões e tempo são impeditivos para seguirmos atrás do desejo de ser, principalmente de ser mulher da forma como quisermos e ter espaço de protagonistas em um mundo que não foi feito para existirmos, haverá uma fagulha ou uma pontinha de chama dentro de todas nós que pode despertar o mais lindo brilho de uma estrela dançarina. É um romance de ficção, mas que poderia ser o conto de vida de qualquer uma de nós.

Tamyris Torres

Conteúdo

Capítulo I
Antes das Sete.. 2

Capítulo II
Transtornada 22

Capítulo III
Eu Não Queria Ser Como Meus Pais...................... 34

Capítulo IV
Uma Rosa do Deserto das Emoções......................... 66

Capítulo V
Não me Leve a Mal, me Leve à Praia 80

Capítulo VI
Todo Sacrifício é Um Ato de Amor 94

Capítulo VII
Mãe é Mãe?.. 102

Capítulo VIII
Sublimação Cortante... 112

Capítulo IX
A Vida Sabe o Que Faz?....................................... 124

São 6:30 da manhã e Irene acorda com o som de batidas na sua porta. Era seu pai avisando estar na hora de se arrumar para saírem em viagem.

CAPÍTULO I

Antes das Sete

São 6:30 da manhã e Irene acorda com o som de batidas na sua porta. Era seu pai avisando estar na hora de se arrumar para saírem em viagem.

Na década de 1980, o despertador de uma pessoa poderia ser de três formas: o rádio-relógio que ligava quando era programado, usando o som da própria estação, um despertador acoplado em um relógio e que fazia um som ensurdecedor, geralmente, um "triiiiiiiiiim" que nunca cessava ou então as batidas na porta dos pais. No caso de Irene, a última opção era a mais usada. Seja para ir à escola, seja para não se atrasar a um compromisso importante. Dessa vez, era uma viagem que fariam em família. Ela estava com os sentimentos misturados. Ao mesmo tempo que estava animada para sair um pouco de casa e conhecer novos lugares, esforçava-se, especialmente naquela manhã, para sair da cama. Não é que Irene tivesse depressão, era só que quando seus pais se encontravam com outros familiares tinham a tendência de falar sobre o seu futuro, previamente já estabelecido, sem que nenhum detalhe fosse consultado-lhe.

A invasão da sua mãe Valquíria era mesmo algo que a incomodava, lembrava de um documentário que viu uma vez, ao qual um médico fazia experiências com um paciente, deixando-o enjaulado, invadindo o seu corpo na hora que bem entendia, tudo em nome da Ciência. Sentia-se como se estivesse sendo "adestrada" para o futuro.

Sem muito poder dizer que não queria viajar, de certa forma a ideia de encontrar seus primos, que há muito não vira, era boa. Poder passar dias em uma mesma casa com eles, sair e ir à cachoeira, andar de bicicleta por aí... Eram coisas que uma garota de 14 anos gostava de fazer. Os anos 1980 tinham suas vantagens, as crianças e os jovens não ficavam presos nos celulares. Para falar com um amigo, tinha que sair e ir até ele, esperar o dia e a hora de ir para escola ou, se fossem vizinhos, gritar o nome do outro para se encontrarem na calçada. Não existia nenhum aplicativo de mensagem instantânea. Falar era uma coisa importante, não dava para ficar gastando lábia, apagar, falar de novo. Se não fosse por carta, era cara a cara. E foi assim que Irene precisou fazer ao se despedir da sua melhor amiga e vizinha Sônia, também conhecida pelo apelido carinhoso "Sosô". Saiu correndo da sala para a garagem do seu pai, buscou a bicicleta e andou cerca de uns 50 metros, jogou-a no quintal de Sônia, tocou a campainha e esperou que abrissem a porta.

Bom-dia, senhora Leia. Eu sei que está cedo, mas eu precisava falar com a Sosô. Eu, meus irmãos e meus pais vamos viajar e eu queria deixar um recado com ela, solicitou Irene à mãe de Sônia.

Olá! Querida! Ela está lavando o rosto para se juntar a nós no café da manhã. Suba e chame-lhe. Aproveite para comer algo também... Você está tão magrinha..., respondeu.

Esse era o tipo de crítica que Irene odiava. Tudo que referenciava sobre o seu corpo era motivo de mal-estar. Justamente porque não lidava bem com horas estar mais magra, e outras, mais gorda. Ela não entendia muito bem esse efeito-sanfona, mas sabia ser um motivo de a sua mãe ficar extremamente chateada. Desde cedo, ela cuidava especialmente de sua dieta, impedindo-lhe de lidar naturalmente com a comida. Não podia comer nenhum tipo de doce, sobremesa em casa era daquelas que não pareciam com uma típica brasileira. Não tinha açúcar, aliás, este era um tipo de alimento proibido em casa. Para Valquíria, era um perigoso paladar que estragaria anos de esforços para manter-se magra e jovem. Chegava a compará-lo com tipos de drogas, pois associava ser um vício para qualquer pessoa. Não lhe cabia pensar que poderia ser usado com parcimônia, por exemplo. Portanto, o café com leite nunca era adoçado, o que levava Irene a gostar muito da mesa posta por Leia e nunca recusava quando era convidada para juntar-se a eles em alguma refeição.

Ainda que escuro, o corredor da casa de Sosô tinha um charme diferente. Aqueles quadros que o senhor Denílson, pai e militar aposentado da Marinha Mercante, pintava e pendurava no corredor eram melancólicos para uma adolescente de 14 anos entender. Sua boa percepção das coisas permitia que Irene soubesse que aquele homem, além de talentoso com os pincéis, já sofreu um bocado na vida. Todas as telas retratavam guerras, mortes, lutas e fenômenos naturais como enchentes, grandes ondas devastando cidades inteiras. Às vezes achava que ele falava "meio torto" devido à entrega em seu trabalho, pois era de fato um homem grosseiro no jeito de ser, mas com um grande coração. Irene via poesia nisso e entendia ser um recurso que o artista da casa usava para expor seus sentimentos, já que faltava na fala. Talvez a única forma de ser verdadeiro era esta, pintando, pois se tratava de momentos que Denílson poderia ser ele mesmo, para suportar tamanho vazio existencial de uma aposentadoria para alguém tão ativo e cheio de pique em sua mocidade. Denílson e Ícaro, pai de Irene, eram amigos de infância e, de tão próximos, consideravam-se irmãos. Chegaram a cursar a faculdade de Belas Artes juntos, no entanto, só a amizade se manteve, quando Ícaro precisou colocar um fim no curso, apesar de ser a sua verdadeira vocação. O militarismo também chamou seu amigo para a realidade e não terminara a faculdade, precisou servir e de lá nunca mais saiu. Contudo, não deixara de pintar, havia se tornado um passatempo bastante proveitoso. Não era de hoje que eles se juntavam em festas e encontros para falar sobre a vida e tudo que passaram juntos, menos sobre o curso de Belas Artes. Inclusive, Ícaro fez Denílson prometer que jamais falaria que cursaram a faculdade juntos. Ele não lidava bem com a interrupção e não queria que seus filhos soubessem dessa sua fraqueza. Observadora que só ela, Irene escutava e guardava todos os detalhes para si, sempre que começavam a contar sobre seus passados, era uma forma de desfrutar desses eventos tão monótonos e com umas músicas tão ruins que ou era escutar sobre a vida dos outros, ou dormir um sono profundo, que poderia ser interrompido a qualquer momento por uma canção brega do Bee Gees.

Em uma noite dessas, antes de viajar, Irene sonhou fazer parte da família de Sosô, como os lobos que nunca desistem dos seus membros, em busca pela felicidade perfeita. Ela fazia parte daquela alcateia, em seu sonho. Todos eram lobos, Denílson e Leia eram os alfa, que faziam de tudo pelo bem-estar de todos. Eles se comunicavam bem, neste inusitado sonho de Irene, assim como os lobos que não escrevem nem falam, mas desenvolveram uma ótima linguagem corporal, onde os seus familiares conseguem entender exatamente o que quer dizer determinados gestos, uivos ou rosnadas. E imaginou que por um vão momento poderia ser filha de um homem que levava os filhos a sério e pensava no futuro deles, mais alegre e com um trabalho que escolhesse.

Ao contrário de Sônia, ela admirava como Denílson a respeitava em suas escolhas, sem contar as pinturas que poderia ter contato em casa. Enquanto Irene já tinha passagem carimbada só de ida para uma faculdade de Medicina, sua amiga poderia escolher a profissão que lhe viesse à cabeça. Pode ser que isso incomodasse um pouco ou até fosse motivo de inveja e sempre que esse assunto aparecia nas conversas entre elas a futura médica desviava para outros. Às vezes poderiam brigar por isso, pois Irene quase que não permitia que Sosô falasse mal de seu pai, na frente dela. Ela logo buscava todos os motivos do mundo para que a sua amiga se sentisse agradecida por ter um pai tão genial quanto Denílson era, demonstrando um afeto incômodo e estranho até para ela mesma. Em alguns sonhos que costumava ter, quando mais jovem, com aproximadamente 10 anos, Irene se imaginava casando com este homem, que tinha a mesma idade que ela, em suas fantasias, e que eram felizes para sempre. Para ela, aos 14 anos, só era possível conquistar a sua liberdade se um homem dissesse para o que fazer. Do contrário, jamais poderia sentir essa liberdade de ter o que sonhara, ser uma pintora e fazer fama com o talento que, no fundo, sabia possuir.

Quando a realidade batia à sua porta, era bem difícil sustentar essa situação, pois não estava nos planos dela cuidar de pacientes nem de estudar doenças e formas de tratamento, assim como seus pais se dedicaram a vida toda, além de desejar isso para todos os filhos. Mesmo com 14 anos, Irene já sabia o que não queria. Muito mais inclinada para artes, ela tinha um caderno de desenho que mantinha escondido em seu quarto e só usava quando tinha certeza que todos já estavam dormindo, principalmente o seu pai, que parecia ter verdadeiro horror à arte, de qualquer expressão, e quase ninguém entendia o porquê disso. Apesar de madrugar quase diariamente para dar vida a personagens incríveis em suas folhas em branco, ela era a primeira a chegar na escola, fazia questão de ter notas incríveis, era monitora da sua turma e nunca, sob nenhuma hipótese, contrariava um professor em sala de aula, quiçá seus pais em casa. A sala de aula era uma espécie de extensão da sua casa e os professores eram como seus pais: pessoas que ela precisava escutar, aprender e surpreender e nunca decepcionar, com exceção da vez em que Ícaro descobriu os seus desenhos e pinturas... Ela nem gosta de relembrar, pois seu pai passou tão mal que ela achou que ele morreria com falta de ar e alergia ali mesmo, de frente para a sua cama, com todos aqueles papéis espalhados no chão.

Naquela manhã, Irene estava em um transe especial, lembrando de diversas situações da sua vida, não conseguia subir as escadas para chamar a sua amiga, em seu quarto. Parou no meio do caminho e se pôs a pensar como era parecida com um pássaro em sua gaiola, sentia-se presa, mas segura, já que não sabia como era a sensação de voar. Se ela pudesse escolher ser um animal, votaria em uma avestruz. Com asas, mas que por seu peso jamais conseguiria sair do chão. Mas, tudo bem... Já que ela não saberia se virar com esse "poder" lá fora, longe do seu ninho. E mesmo não passando de lenda, ela poderia querer enfiar a cabeça na terra ocasionalmente, assim como dizem que esses animais costumam fazer.

Mal conseguia subir as escadas com tantos pensamentos sobrevoando a sua nuvem cinzenta de ideias, mas Sônia, ao bater com a porta do seu quarto contra a parede, fez Irene retomar a sua consciência e prestar atenção nas escadas e seguir pelo corredor, pelo segundo andar.

Toma um café preto, Irene. Você está aí parada tem uns 20 minutos e nem funcionou dizer para você que eu ouvi no rádio que a Cyndi Lauper fará shows no Brasil ano que vem.

Oi? Como assim? A Cyndi Lauper vai...

E sua fala é interrompida pelo grito de Leia: *Meninas, desçam logo que o pão está quentinho e eu acabei de comprar leite de saquinho na padaria. Está uma delícia!*

Ao sentarem à mesa, Irene explicou que fará uma viagem de família e que isso deverá demorar praticamente as férias todas e precisava saber se Sosô poderia colocar comida para o seu cachorro Scooby-doo e verificar se ainda tinha água para ele diariamente. Fazendo um sinal que sim com a cabeça, Sônia aproveitou para desejar boa viagem, no entanto, o que ela gostaria mesmo era acompanhar a sua melhor amiga a Teresópolis e poder usufruir do sítio e das brincadeiras. Seria também uma ótima ideia se Irene pudesse escolher, mas, como se tratava de uma viagem em família para reencontrar mais membros, ela não podia fazer mais nada, além de desejar que Sosô estivesse lá também.

Irene se apressou para terminar seu café com leite e pão para não atrasar os planos do seu pai, que já fez um grande guia de diversão com horários para cada atividade. Tudo precisava sair do jeitinho dele, sem sobressaltos. Era assim que as coisas funcionavam para Ícaro, tudo planejado, até parecia que a sua vida não poderia sofrer mais nenhum abalo ou algo sair sem a sua escolha, ele era um homem controlador até com o tempo, uma excentricidade curiosa.

Quando chegou em casa, percebeu que seus pais e irmãos estavam fazendo a última checagem das malas e prestes a entrar no táxi, que os levariam ao ônibus para Teresópolis. Ao contrário de Camila e Caio, Irene gostava do frio e do clima bucólico da região. Eles alugaram um sítio com piscina, campo de futebol, lareira, mesa de sinuca e de pingue-pongue... As férias prometiam! Isso é, se conseguirem se manter afastados o máximo que puder de seus pais...

Vai fazer xixi, minha filha! É muito chato ficar apertada no ônibus... Tudo chacoalhando e você tentando esvaziar a bexiga, solicitou com toda calma do mundo a sua mãe, Valquíria. E assim foi Irene, mesmo sem vontade, forçar o esvaziamento da sua bexiga. Ela não poderia suportar dizer que não estava com vontade de ir ao banheiro, ter que ouvir a sua mãe dar mil e um motivos sobre a importância de se fazer xixi antes de sair de casa e provar estar certa, para variar. Era assim com quase tudo... Bastava contrariar uma vontade que apareciam bons motivos para que aquilo que foi sugerido fosse feito com louvor e ainda um sorrisinho no rosto para demonstrar que entendeu e ainda gostou das sugestões recebidas. Entre elas era uma relação de amor e ódio, com momentos de ternura e depois uma grande devastação e brigas intensas. Valquíria era um misto de harmonia e críticas, uma mãe que não media esforços para defender os filhos dos perigos na rua, mas que era ela o próprio perigo dentro de casa. Insatisfeita por ter filhos muito cedo e isso ter marcado a sua vida com Ícaro, quando o assunto era punir, Valquíria sabia como eliminar os prazeres de seus filhos, com a justificativa pautada na educação. Se preciso fosse, não pensava duas vezes em mostrar-lhes o cinto quando eles ficavam fora de controle, pois era a forma de mantê-los "na linha". A dona de casa, com aparência angelical, poderia ser diabólica, quando queria demonstrar força. Certa vez, durante as férias de Carnaval, Irene ficou todos os dias de folia, por algumas horas, sentada em uma cadeirinha, na varanda, exposta a todos os tipos de deboches e comentários, por tentar conversar durante um diálogo entre adultos, que eram a sua mãe e a sua tia por parte de pai. Valquíria entendeu como um insulto precisar chamar a atenção da filha por mais de uma vez, para que ela não se intrometesse nos assuntos alheios, incapaz de entender que ela queria participar, o resultado disso foi essa punição descabida, que causara um pavor em Irene em expor a sua opinião, mesmo após se tornado adulta.

Ao terminar de usar o banheiro, Irene viu a sua imagem refletida no espelho do *closet* de sua mãe e tomou um susto! De relance, achou-se parecidíssima com a sua mãe, então, fechou os olhos e balançou um pouco a cabeça em sentido negativo e olhou de novo para o espelho. Ufa! Tudo parecia estar bem, foi só impressão. Ela tinha pavor de se tornar como a sua mãe um dia: sofredora, imobilizadora e incapaz de demonstrar os seus sentimentos verdadeiros. Valquíria era o tipo de pessoa que reclamava muito das brigas com Ícaro, só que ela fazia isso com seus filhos. Todos os três ouviam as lamentações dela sobre as traições do pai, sobre o quanto ela sofria por ter que manter as aparências de um casamento feliz, somente ela sabia da dor de cuidar dos filhos e não poder ser ela mesma. Usava as crianças como "terapeutas", o que tornou a relação deles mais distante e complexa, além de trazer questões para os filhos, que não lhes cabiam ouvir ou resolvê-las.

Irene fechou a porta do quarto, desceu as escadas e, ao entrar no táxi, recordou-se da primeira vez que falou com a sua mãe que não queria seguir a carreira de Medicina e a sua vocação era estudar Belas Artes. Era uma tarde de domingo qualquer, não tinha aula naquele dia... Se bem que poderia ser em um sábado, enfim. Era um dia em que ela poderia acordar tarde e descansar um pouco mais. Mas, só um pouco, pois até nos finais de semana ela tinha planejamentos e compromissos com atividades extraclasse que seu pai montava. Às 10:00h da manhã tinha natação no Clube Naval Piraquê, localizado na Lagoa, no Rio de Janeiro. E, como bons cariocas ricos, aproveitavam o dia ensolarado para praticar vela, o esporte preferido de Ícaro. Porém, naquele dia nada disso foi realizado, afinal de contas caíra um pé d'água na cidade e ficou impossível sair de casa. A sua mãe estava preparando o café da manhã, enquanto Ícaro zapeava algum filme na tevê. Irene, sentada, esperando seu irmão terminar de passar geleia *diet* na torrada, ouviu a sua mãe falando sobre um caso difícil que ela teve no plantão passado. Valquíria era ortopedista e trabalhava no hospital da família, o Santo Agostinho. De uma forma muito espontânea, ela respondeu quase sem querer: *eu acho essa vida de médica muito difícil, eu não tenho vocação para cuidar de pernas quebradas ou outras coisas. Eu gostaria de fazer outra faculdade, mãe. Eu gosto de artes e de pinturas, eu suponho que meu talento é cursar Belas Artes,* expressou-se. Ao passo que os olhos de Ícaro estavam colados em um programa qualquer, voltaram-se imediatamente para Irene quase como uma bomba prestes a explodir, começou a ficar vermelho, parecia ter um ataque alérgico misturado com falta de ar. Caio, seu irmão do meio, só abaixou a cabeça esperando pelo discurso longo e ameaçador, após restabelecer-se: *Agora você vê Valquíria, demos duro para o hospital do seu pai se tornar a referência que é hoje aqui no Rio de Janeiro para nossos filhos se darem ao luxo de pensarem em passar a vida desenhando e preenchendo com cor quadros inúteis. Quem é que não deseja se tornar um médico um dia? Bom, para vocês não existe outra opção que não essa. Nós construímos com muito trabalho esse legado e tudo o que precisam fazer agora, vocês três: Irene, Caio e Camila, é salvar vidas. Não existe nada mais bonito e precioso que uma vida, nem pinturas caras ou raras. Ser médico é uma dádiva de Deus e estamos predestinados a seguir esse sonho,* concluiu Ícaro sem tirar os olhos de sua primogênita.

E para você, Irene, a responsabilidade ainda é dobrada. Como filha mais velha, precisará mostrar para seus irmãos o caminho que devem seguir, arremata Valquíria quase que costurando a boca da sua filha, que já não tinha mais argumentos depois dessa demonstração de incompreensão dos seus pais.

Balançando de novo a cabeça em um movimento de negação, para afastar as más lembranças, Irene repousou a sua cabeça na janela do táxi e adormeceu durante o trajeto até o ônibus para Teresópolis.

Ícaro, o predestinado:

Se Ícaro fizesse parte da família real britânica, todos diriam que esse efeito, em sua fala, como se tivesse recebido a bênção divina para agir com mãos e braços de ferro, contra a tudo e todos que não concordassem com ele, seria um "fardo necessário" por ser soberano. Garantidamente, pessoas seguem Ícaro, por ser um líder (ou tirano) nato. Seja em casa, seja no trabalho, ele consegue fazer com que "seu povo" o siga e ainda encontre propósito. Nada mais apropriado ao dizer que seu nome, na mitologia grega, remete à passagem de Ícaro e seu pai Dédalo, uma vez em um labirinto, onde não encontravam a saída, tiveram a ideia de construírem asas para voarem para bem longe daquele lugar. Os dois conseguem o feito, no entanto, ao encontrar a luz do Sol, Ícaro pensou que poderia ser como um deus e voar ainda mais alto, em busca do astro-rei. No entanto, as asas, feitas de penas de gaivotas e coladas com cera de abelha, não resistiram ao calor e, ao derreter, caíram no mar, assim como Ícaro, que morreu literalmente na praia. Algumas de suas facetas podem revelar um homem que não mede esforços para ter o que quer, talvez por não ter conseguido tudo o que desejava no passado, por imposições familiares, ele agora se vinga, mesmo sem saber, sendo alguém que, por crescer rapidamente, tanto profissional quanto economicamente, encontrando o seu lugar ao Sol e tratando os outros com intransigência, para não falar desrespeito e sem compaixão. Ele era o típico homem provedor, que trazia todo o conforto para a sua família e que, em troca, esposa e filhos tinham que fazer o que ele entendia como ser o correto, para o bem de todos.

Irene, Irene! Acorda! Chegamos na rodoviária, avisou Camila. Ainda meio sonolenta, a adolescente mediana, com 1,65 de altura, de cabelos castanhos e ondulados, olhar atento e orelhas aguçadas, caminha até a fila para o embarque. Sentindo uma espécie de vazio que não sabia muito bem explicar, percebeu ter escolhido uma poltrona na janela e passou os últimos minutos até a partida do ônibus imaginando como seria o seu companheiro de viagem… Alguém que pudesse tirá-la daquela dor aguda e a completasse. – *Bem que eu poderia encontrar um namorado nessa viagem, pensou.* No entanto, o lugar não foi preenchido. Na certa, o passageiro não chegou a tempo porque, quando foram comprar as passagens, o banco ao seu lado já não estava mais vago. Não que isso fosse ruim ou aumentasse o seu vazio (ao menos era a sua desculpa preferida), pois agora ela poderia esticar as pernas e ouvir suas músicas preferidas no seu *walkman*. Um *setlist* escolhido com muito critério, diretamente da sua estação de rádio predileta. Nessa época, ou era gravar uma fita cassete, ou comprar um disco importado, que por muitas vezes era caro, não que isso fosse um problema para ela. O lado A da fita continha músicas brasileiras, e o lado B, só músicas estrangeiras. Irene calculou que se fosse colocar só as músicas da sua banda mais amada, Legião Urbana, a viagem acabaria e ainda estaria tocando Faroeste Caboclo, então decidiu mesclar com outras bandas como Titãs, RPM, Rita Lee, Lulu Santos e Ultraje a

Rigor. E para embalar a viagem em língua inglesa, escolheu Cyndi Lauper, Madonna, A-Ha, Roxette, Alphavile, Journey e Queen.

Dentre todas as melodias, existia uma especial que a fazia recordar de um garoto da escola, um certo alguém que, provavelmente, não sabia quem era ela, mas que por ele viveu um amor platônico em cada intervalo e término de aulas.

This thing called love/ I just can't handle it/ This thing called love/ I must get round to it/ I ain't ready/ Crazy little thing called love – Queen.

Essa coisa chamada amor/ Eu simplesmente não consigo lidar com ela/ Essa coisa chamada amor/ Eu tenho que estar um passo à frente dela/ Eu não estou pronto/ Coisinha doida chamada amor.

Ele chegava diariamente perfumado e com o cabelo meticulosamente alinhado. Irene sabia que a sua família morava na Gávea, na Rua Antenor Rangel, em uma casa pomposa e arborizada, com jardineiros que cuidavam da beleza do quintal e pessoas prontas para servir tudo o que ele quisesse. Era um tipo de riqueza diferente, Gabriel era filho de um juiz federal e tinha segurança para levar e pegar na escola. Se fosse ao *shopping*, teria alguém de olho nele. Se fosse ao teatro ou ao cinema, dificilmente pegaria na mão da sua pretendente, pois era vigiado 24 horas e, sobretudo, essa informação fazia com que Irene se aproximasse dele, pois era assim que ela se sentia em relação aos seus pais, apesar de serem bem menos abastados que a família de Gabriel. E talvez também era isso que ela amava platonicamente, o seu jeito tedioso e infeliz de se deixar viver como uma marionete. A sua vida também já estava traçada, não tinha outra opção para ele se não o Direito. Das poucas vezes que Irene teve a oportunidade de ouvir a voz desse excêntrico garoto, foi quando – na fila da cantina – ele estava tentando convencer a moça do balcão a atender ele primeiro, pois ele – como filho de juiz federal – não poderia ficar esperando em uma fila qualquer. Ele dizia que nem estava acostumado a comer qualquer coisa como a que era vendida por ali e se justificava com o fato de ter esquecido o sanduíche italiano especial que a sua melhor empregada preparara. Então, meio que de repente, o encanto deste amor platônico se transformou, no que ficou conhecido na escola como a IRA DE IRENE.

Meio que sem acreditar naquela humilhação que ele estava fazendo com uma moça que estava apenas trabalhando, Irene saiu do fundo da fila com um aspecto bem raivoso e com uma voz cortante: *Não é só porque o seu pai está em Brasília defendendo os interesses da sua família que a gente tem que aguentar um garoto mimado desse que tá tentando furar a fila do pão de queijo! Se manca aí, você é igual a todo mundo aqui, espera a sua vez!* E bastou essa simples frase ser dita para o colégio inteiro começar a discutir como nessas brigas de bar que aparece sempre em um filme qualquer. No final das contas, Gabriel agiu como um bom burguês e não retrucou a moça, apenas esperou o momento certo para avisar ao seu pai o que havia ocorrido para que o diretor da escola fosse pressionado a dar um bom corretivo numa *delinquente juvenil que ainda por cima não sabia o seu lugar de mulher*, nas palavras do excelentíssimo juiz federal. E foi assim que Irene provou a primeira vez o fel de ser uma mulher que tentou usar a sua voz no Brasil, na década de 1980. Para a amargura de seu pai Ícaro e decepção de sua mãe Valquíria, a filha mais velha ficaria uma semana em casa de suspensão. Motivo da sentença: incitar a violência em público em uma escola de gente de bem comprometida com o futuro do País e com a educação de ponta dos jovens brasileiros.

Irene sentia-se sozinha na escola, muito antes desse episódio durante o recreio, só podia contar com a sua amiga Sosô, que estava sempre ali para ela. As duas, além de vizinhas, estudavam na mesma escola, o que dava um conforto para ela, pois acreditava ser antissocial. Sem falar que ela pagou bem caro por essa fama de "irada", pois aí mesmo que ninguém quis manter contato com ela. No final das contas, a escola em peso sabia que iria acontecer alguma covardia por parte do Gabriel, que não levava desaforo para casa, só que agia sorrateiramente. No entanto, ninguém queria pagar para ver ao ser amigo de Irene, pois, a partir daquele dia, seria o mesmo que se tornar inimigo de Gabriel, o filho do juiz federal. Nesse ponto, os pais de Irene eram mais flexíveis: ela aprendeu em casa a respeitar a todas pessoas, independente da classe ou raça. Ela era educada com todos que trabalhavam na sua casa e, por isso, achou a atitude do ex-amor platônico a coisa mais escrota que já viu.

Antes que pudesse chegar na serra e os seus ouvidos começarem a sentir aquela sensação de abafamento, sentada no seu canto da janela e com as pernas no outro assento ao seu lado, Irene é pega portando nada mais e nada menos que uma garrafa de vinho tinto, surrupiada da adega de seu pai. Conforme o movimento do ônibus passeando em curvas cada vez mais suntuosas, a sua bolsa deslizou do bagageiro de teto e acabou caindo no chão. Não demorou muito para que aquele cheiro marcante de vinho ocupasse todo o espaço limitado do transporte e a sua mãe reparar que a bolsa em questão era da sua filha. Valquíria levantou, meio que sem graça, pediu desculpas pelo ocorrido aos demais passageiros e voltou para seu lugar sem expressar absolutamente nenhuma reação física. Na tentativa de amenizar as coisas, a menina explicou que só estava levando para viagem porque sabia que os pais iam gostar dessa surpresa que pretendia fazer. No fundo, ela sabia que o plano era outro... Era tomar aquele vinho com seus primos e tornar a viagem mais divertida, já que estava sendo bastante tedioso até então. Na primeira parada, seus pais saíram com uma cara que indicava que castigo seria pouco para o que aconteceu, no entanto, Ícaro apenas perguntou se ele precisava se preocupar com mais alguma intenção de manchar o nome da família diante de todos os familiares encontrados nas próximas horas e, recebendo um "não" como resposta, pôs-se satisfeito e o assunto nunca mais retornou. Isso tudo deixou Irene em choque porque sentiu não haver preocupação com o ato leviano e ilegal, apenas com as aparências e sobre tudo o que os familiares poderiam achar sobre os médicos perfeitos e seus filhos, futuros salvadores de vida. A verdade encarada entrou como um soco no estômago e, a partir disso tudo, o que houve foi especulação dela com seus irmãos. Camila acreditava que sua irmã tinha que se dar mais que satisfeita e agradecida pela compreensão dos pais, já o Caio entendeu as dúvidas de Irene e partilhava da mesma opinião. Dos três irmãos, somente a caçula apresentava vocação para Medicina, ou pelo menos escondia muito bem as suas vontades para não desagradar ninguém em casa, mas Caio, o do meio... ele também tinha o espírito mais artístico e se pudesse escolher decoração de ambientes seria a sua praia.

Irene, a esquecida:

Vinte e dois de abril de 1972, seu aniversário de sete anos. Irene tinha certeza de que naquele ano receberia a sua tão sonhada festa-surpresa. Afinal de contas, ninguém tinha tocado no assunto, não perguntaram sobre o presente que ela gostaria de ganhar, o tema de sua festa, qual salão alugar ou se fariam em casa, nem lhe questionaram sobre a lista de convidados... Tudo aquilo não passava de uma trama, pensara, sobre a melhor festa, pois ela não parava de pedir uma surpresa aos seus pais, desde a sua última festa de 6 anos. Chegou a sonhar com esse momento. Seria a hora de ser prestigiada apenas por ser ela mesma e pelo seu nascimento? Na noite anterior, foi dormir mais cedo, antes de o relógio bater meia-noite, pois não queria estragar todo o mistério. A sua família tinha o hábito de dar parabéns logo que o relógio batia nos primeiros minutos do dia do aniversário de seus membros. Era algo que todo mundo esperava, mas naquele dia não teve nada disso e Irene acreditou que o fato de ninguém ter batido em sua porta, mesmo tendo se recolhido antes, era por conta da grande surpresa. Ao acordar, percebeu que o máximo que ganhara de café da manhã foi um bom-dia de seu pai, avisando – correndo – que Valquíria tinha saído muito cedo, pois fora convidada a participar de uma conferência na Bahia e a sua palestra era o ponto principal do dia, naquele evento. Irene sorriu e disse estar tudo bem, acreditando mesmo que tudo não passava de desculpas, pois a sua mãe estaria cuidando de tudo... dos balões, dos cartões, dos presentes, do bolo e da festa toda. Ela falou tanto que gostaria que o seu aniversário fosse da Branca de Neve, só para não restar sombras de dúvidas de que a sua "mensagem" estava sendo captada e que iriam colocar em prática, em momento oportuno. As horas passaram, ela chegou da escola e seus irmãos também. Mas, ninguém estava lembrando ou dizendo algo que remetesse ao seu aniversário. Ao cair a noite, Irene tinha se dado conta de que esqueceram dela, a sua mãe ainda estava na Bahia e o seu pai chegará tarde do trabalho, como de costume. E, quando a sua mãe ligou, após conferência, para saber como as coisas estavam em casa, correu para atender o telefone e tirar satisfação.

Mãe, você sabe que dia é hoje?

Ai, meu Deus, Irene. Hoje é o seu aniversário. Me desculpa, nessa correria toda... Eu sabia estar esquecendo de algo. Sabe aquela sensação que a gente tem, mas não consegue entender? Filha, me diga o que quiser que eu compro e levo para você, tentou contornar a situação.

Devastada com o que tinha ouvido, saiu correndo para o seu quarto e chorou a noite toda.

Seus irmãos tentaram se desculpar, mas, como eram bem mais novos, não tinham exatamente esse foco e preocupação. Seu pai, quando chegou em casa e avisado, tentou entrar no quarto de Irene, mas sem sucesso, desistiu e foi descansar.

No dia seguinte, Irene acordou como se nada tivesse acontecido. Fingiu demonstrar maturidade na frente de seu pai, concordou com ele sobre todo o trabalho que eles têm com o hospital, mas não aceitou que fosse realizada uma festa no final de semana seguinte e guardou esse momento muito negativo na sua mente pela vida toda.

Conforme as horas se passavam e o sítio se tornava uma ideia mais concreta, Irene adormeceu lendo alguns poemas de Baudelaire:

> *Relógio! Deus sinistro, assustador, indiferente,*
> *E cujo dedo ameaça a nos dizer: Recorda!*
> *A vibradora Dor, que, no medo transborda,*
> *Em teu coração irá se encravar brevemente.*
>
> **Livro As Flores do Mal, Poema O Relógio – Charles Baudelaire**

É que ela gostava da ideia de achar viver dentro de um poema que foi, por muito tempo, considerado imoral pela imprensa. Ficava imaginando como era estar vivo no século XIX e ser considerado um poeta maldito na França. Provavelmente era tão ruim quanto a hostilidade de seus pais, julgando a Medicina como a única alternativa para seus filhos. Não entendia como seu pai poderia ter mudado tanto, pois, em todas as histórias contadas pela sua avó, Ícaro era uma pessoa mais doce e tranquila. Apesar de não entender muito bem essa diferença de personalidade, ninguém em casa poderia tocar no assunto sobre o que seu pai fazia antes da Medicina. A única coisa que todos sabiam é que veio a pressão por se casar rapidamente, afinal eles engravidaram de Irene, a primeira filha do casal, no entanto, foi um acidente e isso marcaria a vida dela para sempre. Frequentemente Irene ouvia da boca de Valquíria, como lamentações, que ela engravidou cedo demais e isso acabou mudando muitas coisas na vida dela e do marido. Começando com o fato do pai, futuro avô, agir rapidamente para que seu genro acabasse com a ideia de futuro que eles tinham, pois a responsabilidade bateu à porta e a realidade entrou para valer. Foi assim que Ícaro fez vestibular para Medicina e aprendeu o ofício da família de sua esposa, que já estava terminando a sua faculdade e iniciaria a residência em traumato-ortopedia.

Mesmo precisando se ausentar por um tempo das aulas, Valquíria e Ícaro se casaram e tiveram a sua primeira bebê. Foram morar em uma casa ofertada de presente para os noivos em Copacabana, de frente para o mar. Acordavam diariamente com a beleza da natureza e com o choro de uma bebê faminta. Todas as recordações da maternidade levavam para um lugar de dor e foi assim que Valquíria fez Irene acreditar que, além de não ter sido bem-vinda, causou um grande mal para um casal que estava no começo de um namoro, cheio de vida pela frente e com sonhos que não puderam concluir. Seu pai tomou verdadeira raiva por qualquer veia artística que os filhos pudessem apresentar e a sua mãe continuou seguindo os planos de ser uma médica e cuidar do legado para as próximas gerações, ao lado de seu esposo, que seria o novo diretor e ela a vice-presidente, entretanto, quando teve o seu terceiro filho, Valquíria iniciou uma longa jornada de cirurgias plásticas e dietas restritivas e isso ocupou boa parte da sua vida e da vida de suas duas meninas. Tanto Irene quanto Camila sofreram muitas represálias sobre seus corpos, obrigadas a se manterem magras, custasse o que fosse preciso. O mesmo tipo de cobrança não acontecia com Caio, o filho do meio, por ser homem e não precisar se preocupar tanto com o seu corpo, pelo menos assim era como a matriarca pensava, como ela aprendeu em casa, um ambiente – por muitas vezes – hostil com um pai machista, que a culpava por nascer mulher e brigava com a sua mãe por não ter parido o seu filho homem que tanto desejava, para, enfim, poder cuidar dos negócios da família.

Ao concluir a sua faculdade de Medicina, realizar a sua residência com louvor, terminar cursos de especialização fora do país e ter se tornado uma referência na cirurgia cardíaca, Ícaro se tornou o principal nome de peso no hospital privado fundado pelos pais de Valquíria e, com a morte deles, passou a ser o diretor. Há 10 anos, nos anos 1970, foram momentos de forte expansão de economia para o Brasil e os ricos ficaram cada vais mais ricos. Investir em uma rede hospitalar estava sendo um ótimo negócio, os planos de saúde ganhando cada vez mais entrada no cenário da saúde privada do País, portanto, fazer dinheiro foi o principal objetivo da família.

Os dias de férias pareciam dias de prisão, pois nada havia que Irene poderia fazer para que os dois ficassem mais tranquilos sobre a necessidade de os filhos serem perfeitos à vista dos familiares. Pouco aproveitaram do sítio, pois havia uma questão importante de encenação para todos sobre ser uma família perfeita, sem erros e com filhos supereducados que jamais praticavam uma traquinagem. Os primos já não eram os mesmos que gostavam de brincar e zoar por aí, não quiseram saber de bicicleta, piscina e só ficaram jogando pingue-pongue, truco e totó, coisas que Irene odiava…

Jorginho, o seu primo mais velho, parecia não se importar com as pessoas, sempre tagarelando sobre o quanto era bom nas coisas em que fazia, raramente deixava outra pessoa falar do seu lado que dirá permitir alguém se sobressair mais que ele, seja no mais simples que fosse, como um jogo de tabuleiro. Seu pai, extremamente competitivo, trabalhando na Bolsa de Valores de São Paulo, ensinou desde cedo como o mundo deve ser "vivido". Ele tinha o videogame mais cobiçado, recém-chegado dos Estados Unidos, foi comprado durante uma viagem em família. Para jogar, era preciso limpar as mãos com álcool e tentar usar os botões da forma mais leve possível. Era quase um convite para não jogar, mas Irene queria saber como funcionava e entrou na fila com seus primos. Não tinha uma coisa que fizesse que fora divertida, até o videogame se tornou algo chato nas mãos de Jorginho, que vivia tão engomadinho nas suas peças de roupas de grife, que era incapaz de sujar seus pés na grama, principalmente quando estava chovendo. Em um dia, os primos se juntaram e decidiram brincar de pique-esconde. O primo chato "não-me-toque" foi convidado, no entanto, relutou em aceitar. Sua mãe que mandou ele ir, para tentar socializar um pouco e retirar a aparência de menino mimado. Se Jorginho pudesse escolher ter ficado dentro de casa, seguro em seu casulo, não teria passado por maus bocados durante a brincadeira. Sem falar que ele era o único que não sabia subir em árvores, o que dificultava muito não ser descoberto nos primeiros minutos. *1, 2, 3... "Lá vou eu"*, ouviu o grito distante de Letícia, a prima que ele gostava, mas nunca contou para ninguém, por ser segredo... Nervoso, que só ele, tentou se esconder atrás de uma estátua de mármore que ficava em cima de um poço artesiano. Meio que desengonçado, não conseguiu se esconder totalmente e logo saiu do jogo. Ao se enfurecer por perder, sem querer, esbarrou a mão em uma roseira espinhenta e começou a gritar: – *Socorro, mamãe! Eu vou pegar tétano, algo me feriu! Me leva para o hospital agora mesmo, eu sabia que essa viagem era loucura do meu pai. Eu vou morrer!*

Ao constatarem que não passava de um arranhão feito pelo espinho de uma rosa-vermelha, Jorginho ficara conhecido como o filhinho-da--mamãe número um do sítio e tiraram sarro dele até o fim da viagem. Envolto em caos e raiva, ele nunca mais saiu dos aposentos com a desculpa que a companhia de seus games era melhor...

Com menos um na equipe, agora eram cinco primos em busca de diversão. Em uma noite fria, sem chuva, Camila teve a feliz ideia de arranjarem lenha para queimar alguns *marshmellows*. Caio logo pensou que poderia acrescentar histórias de terror nesse encontro e Irene quis que se tornasse uma festa de pijama assustadora. Cada um precisava se vestir como um personagem de filme de terror que gostavam e, assim, se reuniram em volta da fogueira e tiveram uma noite adoravelmente aterrorizante. Essa, sim, ficou marcada na mente de todo mundo e até hoje, quando se falam, lembram desse dia.

Essa viagem a Teresópolis foi fria para além do clima da região, às vezes parecia faltar calor humano, principalmente por parte dos adultos, que tinham mais a intenção de mostrar o quanto estavam ricos e "felizes" do que se divertirem de fato. As férias passaram, os três irmãos foram para casa e deram continuidade às suas rotinas, cada vez mais extenuantes e controladas por Ícaro e Valquíria.

CAPÍTULO **II**

Transstornada

A saúde pública no Brasil engatinhava lentamente, e muito por esforço de médicos engajados e estudantes de Medicina, sindicatos, intelectuais, biomédicos e enfermeiros que passaram por anos de ditadura, na tentativa de implantar um movimento sanitarista que atendesse a sociedade gratuitamente. Quem não podia pagar por saúde passava por maus bocados nessa época. Somente com o fim do golpe militar foi possível colocar em prática um projeto de tornar a Medicina mais social envolvendo saúde comunitária, clínicas de famílias e pesquisas, algo que a Irene viria a se interessar mais tarde, em suas aulas na faculdade. A proposta de reforma sanitária acabou culminando no que ficou conhecido como a 8ª Conferência Nacional de Saúde, somente no final dos anos 1980, o que seria transformado no Sistema Único de Saúde, o SUS, em 1990.

As famílias ricas que lucravam com a saúde no País não estavam preocupadas com os pobres e na maneira como isso ocorria na política brasileira, a crise sanitária chegava nos hospitais privados e eram tratadas com toda a pompa para quem podia pagar e foi assim até que a crise econômica de 1980 abalasse um pouco as estruturas, novos processos precisaram ser adotados e mesmo com o clima de hostilidade e desemprego também nos hospitais privados, ninguém na família de Irene precisou abdicar dos confortos da vida. Para alguns, as dificuldades passaram como marolas e,

22

para a maioria da sociedade, a fome e o desemprego se instalaram como uma onda devastadora. Com alguma idade já para questionar a seus pais, Irene, aos 14 anos, já entendia como a vida burguesa funcionava e costumava receber muitas críticas na sua escola que, apesar de ser uma instituição de educação privada do mais alto padrão, abrigava alunos com um senso de humor e hipocrisia que tornava a vida dessa adolescente ainda mais caótica. Mesmo o Santo Agostinho ser amplamente criticado por não se preocupar com políticas públicas para atendimento aos pobres, em sua instituição, Irene se irava com o fato de essas reclamações e brincadeiras sem graça virem de gente que igualmente se despreocupava.

Os anos foram se passando e, ao completar 16, a garota não estava nem perto de um padrão adolescente que seus pais gostariam de ver em casa. Muito pelo contrário, dedicava bastante de seu tempo para tentar se diferenciar da família de alguma forma, como podia. Se por um lado o seu destino de ser médica já estava traçado, eles não poderiam mandar também no que ela escutava ou sobre como se vestia. Muito influenciada pelo que via de fora do País e nas *performances* de bandas de rock, Irene mantinha uma cartela de cor contida em suas roupas, variando do preto para uma escala de cinza e camisetas de bandas com mensagens que a sua mãe encarava ser do demônio, nunca se maquiava, nem nas festas que a sua família dava para os outros vizinhos burgueses verem o quanto eles estavam nadando em dinheiro e poder. Cada vez mais distante dos irmãos e de seus pais, sobrava a Sosô para confessar seus desejos mais profundos e sonhos sobre fazer o que gostava. Na verdade, a vida de uma jovem com 16 anos nunca é fácil, só que, com as questões mal digeridas que ela precisava lidar, tudo se tornava ainda mais complicado. Não demorou muito para que seus pais se preocupassem ao ponto de acharem extremamente necessário verem um psiquiatra para a filha e foi assim que Irene começou mais uma peregrinação por uma estrada escura e sem saída, aparentemente. Certo dia, ao terminar mais um atendimento com o médico de confiança da família, Ícaro e Valquíria receberam o diagnóstico de depressão de sua filha. Atordoados com a frase que viria depois: *retirem tudo o que há de cortante ao alcance dela*, o casal não conseguia entender os motivos que levaram uma garota saudável e que tem tudo o que gostaria em suas mãos se sentir assim tão para baixo que intentaria contra a sua própria vida.

E mais uma vez Irene estava sendo mal interpretada, só que dessa vez sob efeitos de medicamentos que a deixavam por muitas horas dormindo... A depressão é uma doença seríssima, no entanto, quando é diagnosticada equivocada ou até precipitadamente, pode causar ainda mais danos na vida de uma pessoa. Não era isso que Irene tinha, seu jeito extravagante e gostos peculiares era a única forma de ela se diferenciar daqueles que a obrigavam a seguir uma profissão que, além de não ser a desejada, era cedo demais para decidir isso. O psiquiatra a diagnosticou com uma ou duas consultas, julgando o seu estilo e roupas pretas, pulseiras de *spikes* e gargantilhas de aparência agressiva, o corte do seu cabelo e seu jeito despretensioso, como se não se importasse com nada, nem mesmo com a sua vida, além do seu corpo extremamente magro e a sua fala sobre não ter apetite quase para nada. O médico não estava disposto a ouvi-la.

O que estava acontecendo com Irene era um tipo de transtorno alimentar comum em adolescentes que não vivem uma ligação parental muito agradável, sempre com cobranças ou situações de violência. Devido às investidas incessantes da sua mãe pela busca do corpo magro e perfeito, Irene começou a sentir que precisava criar defesas para não se desentender mais, assim fingia comer pouco na frente da família, durante os almoços e jantares, mas levava uma guloseima escondida para seu quarto e, sempre que tinha a oportunidade de comprar doces e bolos, também fazia isso escondido. Às vezes, por sentir culpa em mentir para a mãe, passava por longas dietas e tudo o que poderia comer se resumia em tomates e cenouras, mas bastava um dia de alto estresse com uma angústia que ela não sabia bem de onde saía que comia tudo o que via pela frente, mesmo sem fome, sem vontade, poderia ser doce ou salgado, tudo para tamponar as suas emoções. Ao perceber que essa situação estava ficando insustentável por sua aparência evidenciar aumento de peso, que variava constantemente, tempos depois da consulta com o psiquiatra, passou a sentir fortes náuseas e vertigens que só amenizavam quando induzia seu próprio vômito. Irene estava bulímica, mas tratava somente uma possível depressão, que poderia estar associada, mas sem pensar nos danos psicológicos que isso trazia para a sua vida. Tampouco seus pais estavam atentos a esses perigos, pois, além de trabalharem exaustivamente, eram mais preocupados com as aparências em detrimento de prestar atenção no que estava realmente acontecendo dentro de casa.

Desde que tinha 12 anos, por exemplo, parou de nadar na piscina de casa. Era alvo de opressão da sua mãe, que procurava colocar defeito no seu corpo e criar passos e listas para iniciar uma nova dieta restritiva. Ir ao pediatra não era nada comum, apesar de serem todos médicos naquele lar. A melhor forma que encontrou de não ter mais contato com situações indesejadas foi parar de se divertir e vestia roupas cada vez mais largas para não dar a chance de a mãe ver e reclamar de algo fora do que ela entendia ser bom. Durante uma festa com as amigas na beira da piscina, Irene foi cruelmente criticada por Valquíria, que ultrapassando a todos os limites, expôs intimidades da sua filha, para outros pais e convidados, sobre as dificuldades com a comida. Imaginou que dessa forma a estimularia a parar de beliscar demais e trazer doces escondidos para casa. No entanto, o resultado foi reverso do que ela pensara, instituindo uma briga entre as duas que ficou marcada na família. Apesar de todos os gritos e agressões verbais, Irene, na tentativa de se defender ao falar que não se importava com um pneuzinho a mais na sua barriga, viu 5 dedos pressionarem o seu maxilar contra a sua vontade, deixando a sua bochecha totalmente vermelha. Quando Valquíria bateu no rosto de sua filha, por dizer estar se sentindo bem do jeito que estava e que não queria receber mais críticas, Ícaro tentou apartar a situação, mas desistiu no meio do caminho quando foi ameaçado a ser agredido da mesma maneira, por sua esposa. Sem a defesa que esperava do pai, Irene ficou duas noites dormindo embaixo da cama, com medo de a sua mãe aparecer no quarto e bater mais nela. De um dia para o outro, ela estava urinando na cama às madrugadas, pois tinha medo de passar pelo corredor e encontrar Valquíria. Para que isso não fosse percebido, retirava os lençóis todas as manhãs e levava para a área de serviço.

Assim, ela passou a desenvolver insônia, pois acreditava precisar montar campana dentro de seu quarto para se proteger quando o inimigo chegasse, no caso a sua mãe. No entanto, era vencida pelo sono e caía em profundo adormecimento dos sentidos. Nem tanto, já que, em uma dessas noites, Irene teve um sonho para lá de estranho.

Eu estava presa dentro de uma gaiola de plástico e eu sabia quebrar aquela prisão, mas, todas às vezes que eu tentava e estava quase conseguindo, eu acordava dentro do sonho, em um outro sonho, e voltava a fazer tudo de novo. E quando eu estava prestes a conseguir sair de novo, pimba! Eu acordava dentro do sonho e reiniciava tudo de novo. Foi a coisa mais estranha que eu já sonhei na minha vida, comentou Irene com Sosô, durante uma conversa.

Conforme o tempo ia se passando, esse trauma também foi entrando em esquecimento e de forma singular, seu sono se reestabeleceu e a convivência com a sua mãe entrou em certa normalidade. No entanto, Irene nunca mais conseguiu ser novamente espontânea. Passou a ter uma raiva e distanciamento de seu pai também, um ressentimento que ela não sabia explicar muito bem o motivo depois de alguns anos. Havia uma pessoa de quem ela gostava de verdade, que podia ver todos os dias. Eva, a cozinheira da casa, era uma espécie de figura materna que Irene cultivou desde o dia que esqueceram do seu aniversário, pois foi a única lembrança e cuidado que recebera naquele dia. Com um cartão singelo, escrito de caneta e selado com saliva, posto embaixo da sua porta e encontrado semanas depois. Ela jamais soube agradecê-la pela intenção, no entanto, transmitia uma empatia curiosa para com ela, sempre que seus pais saíam de casa, ficando na cozinha e contando algumas fofocas sobre a escola ou outras trivialidades. Ela sentava na bancada e ia beliscando e falando, sem preocupações, pois sabia que ali não seria julgada por nada, mas sempre recebia bons conselhos quando o assunto era garotos. Sentia que Eva a ouvia e mais que isso: gostava de sua presença. As duas foram se tornando mais companheiras a ponto de Eva crochetar alguns acessórios de cabelo para ela, que fora incapaz de usar, por medo de a sua mãe descobrir haver se tornado amiga de uma empregada da família e acabar terminando com isso de uma maneira sem sentido, que poderia custar a demissão de Eva.

Uma responsabilidade grande era depositada sobre os ombros de alguém que não teve tempo para brincar de bonecas, a menos para descobrir doenças e poder conversar sobre formas de tratamento com seus pais. Em um Natal passado, ela e seus irmãos ganharam o mesmo brinquedo, era um jogo chamado "Operando" e o principal objetivo era demonstrar as habilidades ao retirar as peças que estava no paciente. O vencedor era aquele que retirasse mais peças, com uma pinça, de dentro do doente. Aparentemente muito divertido, menos para alguém que já entendera que a sua vida seria dentro de uma sala de operação, mesmo com nenhuma vocação para isso.

Não demorou muito para que os medicamentos fizessem um efeito que retiraria toda a sua vontade de realizar atividades, passou a ficar na cama por mais tempo do que o seu normal, sonolência e incapacidade de raciocinar uma boa parte de seu tempo, sem apetite, Irene passou a perder peso de novo e isso era encarado, por sua mãe, como um sinal de que estava dando tudo certo. Ainda, sim, seus pais acreditavam ser melhor ter um cãozinho adestrado em casa, dormindo quase o dia todo, ao ver Irene crescendo com toda a sua potência e vibração adolescente. Em um certo final de tarde, quando estava assistindo Chico Anysio Show, um programa muito famoso da época, sentada em uma cadeira, no seu quarto, começou a ter uma reação incomum que variava entre sede e um bolo na garganta sufocante. Se surpreendeu por não ter conseguido puxar o ar profundamente pelos pulmões, sem que uma dor não percorresse por todo seu corpo. Colocando as mãos sobre um travesseiro, buscou a sua imagem refletida através do espelho e tudo o que viu foi uma pessoa fraca, praticamente sem vida, extremamente gorda e levemente roxa. Ela não estava mais conseguindo ter uma real ideia sobre o seu corpo, não tendo a real percepção da sua imagem corporal. Quando se deu conta que o ar estava faltando, a sensação de nó na garganta foi ficando mais forte, até que percebeu o seu coração acelerado e o choro se fazendo presente com lágrimas escorrendo por todo o seu rosto. Lembrou-se da respiração curtinha, também conhecida como cachorrinho, e foi tentando se restabelecer contando até dez. Essa técnica funcionou em partes,

Irene já conseguia respirar com mais facilidade, porém o seu momento catártico chamou a atenção de seus irmãos, que foram diretamente para o seu quarto, assustados, tentando entender o que estava acontecendo.

Irmã, deixa a gente entrar para ajudar, gritou Caio.

Ao lado, sua irmã, Camila, também nervosa, pediu para ela abrir a fechadura ou iam precisar derrubar a porta do quarto dela.

Levantando com alguma dificuldade, a irmã mais velha conseguiu rodar a chave e permitir que eles entrassem. Ao notar sangue no tapete e próximo à escrivaninha, Caio questionou se ela tinha se machucado.

Você quebrou algo? Precisa levar uns pontos? Deixa-me ajudar você, pediu.

Sem coragem de abrir a boca para contar o que acontecera minutos antes de eles entrarem, Camila encontrou uma lâmina de barbear do pai deles e questiona Irene: *Você se cortou com isso?*

Um silêncio de alguns minutos tomou conta do ambiente e precedendo uma série de desculpas que veio à sua mente, Irene apenas se reservou ao direito de dizer que ela foi tentar se depilar, mas não sabia usar direito o aparelho de seu pai. Um tanto quanto desconfiados de toda a situação, notaram alguns cortes na região da coxa, o que foi desconfortante para eles naquele momento, pois Irene não saberia precisar se o que ela disse foi o suficiente para seus irmãos acreditarem. Apenas pediu para não contarem aos seus pais, pois não gostaria de ficar em cima de uma cama por mais tempo, com superdosagens dos remédios que ela já era obrigada a tomar diariamente. No entanto, apavorados com o que viram, eles contaram a Valquíria e Ícaro o que estava acontecendo com a irmã deles.

Caio e Camila, os delatores:

Você é a minha menina dos olhos, a única pessoa que posso confiar aqui dentro quando eu estiver fora. Conte tudo para a mamãe, tudo aquilo que você achar estranho. Eu quero que você seja os meus olhos em casa, prometo que vou te recompensar muito, querida, disse Valquíria à Camila, quando tinha apenas 5 anos.

Sim, senhora, mamãe, respondeu.

Camila sempre foi mais temperada, tinha uma relação próxima à mãe e gostava de agradar, o que incomodava Caio, o do meio. Ele sabia que a sua irmã estava sendo manipulada, mas em vez de alertá-la sobre isso, queria que essa relação também acontecesse com ele, mas nunca conseguiu expressar isso ou aquiescer as tentativas da mãe, no passado. Contudo, somente Camila tinha esse "chamego" especial com a Valquíria. Já o único filho homem de Ícaro era mais chegado à Irene, com quem tinha mais intimidade e amizade. Gostavam de sair por aí e estavam sempre no Clube Piraquê, espaço ao qual Irene até engatinhava uma tentativa de entrar na piscina, somente quando era acompanhada por seu pai, sem a sua mãe estar presente. Além das aulas de Vela, que era algo especial entre os dois e que ela poderia estar "mais vestida" do que um simples biquíni ou maiô. Caio também gostava de artes e desenhava sempre com a sua irmã mais velha (escondidos), e Camila, ao se sentir jogada para escanteio, fazia o jogo de sua mãe, sempre a postos para fofocar aquilo que tinha acontecido no dia inteiro. Não sabia ser algo errado, já que se tratava de sua mãe e os incentivos dela eram ótimos, para uma criança. Entendia ter que ser feito escondido, mas não parava para pensar muito naquilo, a mestre estava mandando. No mais, quando os dois contaram aos pais sobre os cortes de Irene, tinham motivações diferentes. Enquanto Caio queria ajudar a sua irmã, pois entendeu ser uma situação de perigo, já Camila só queria contar pontos com a sua mãe e avisar que a mais velha estava fazendo algo que não poderia. Entretanto, a intervenção de ambos não a ajudou em muito.

O primeiro dia que Irene se cortou por prazer foi quando voltava da escola com o seu uniforme todo sujo. Ela tinha sofrido uma série de agressões de uns colegas de classe, criaram para ela uma musiquinha que ficaria guardada por toda a sua vida, em sua memória: *Irene gorducha, além de feia é peituda!* Se para ela já era difícil lidar com as críticas da sua mãe, na escola ficou pior, já que seria o único refúgio de algumas horas até ter que voltar para a sua casa. Ela estava voltando do recreio quando foi surpreendida por um empurrão. Ao cair no chão, perdeu os sentidos e não conseguia mais enxergar nitidamente, um borrão em seus olhos era tudo o que conseguia ver e ouvia aquelas vozes cantando aquela música traumática. Ao chegar em casa, suja e desesperada, trancou-se em seu quarto, despiu-se e abriu o chuveiro. Como estava muito nervosa, não reparou ter uma lâmina de barbear no chão do box e acabou cortando o seu pé. Em vez de reclamar e chorar da dor, viu aquele sangue vívido e sentiu que, de alguma maneira, ainda estava viva. Assim que terminou o banho, colocou um curativo entre os dedos cortados e quis experimentar a mesma sensação nas coxas.

Muito comum entre os adolescentes, o ato de se cortar não estava relacionado com tentativas de suicídio, necessariamente. Quando a dor da existência é pesada demais, algumas pessoas tentam aliviar se cortando. Uma experiência que, obviamente, uma vez descoberta, se faz necessário um acompanhamento com um profissional capacitado para escutar as demandas de sofrimento dessa pessoa. Contudo, muitos pais ficam extremamente nervosos, acreditando que seus filhos querem se matar e acabam negligenciando as suas vontades e desejos mais profundos. No caso dos pais de Irene, preferiram incapacitar a filha à base de medicamentos receitados por um médico despreocupado em ouvi-la mais uma vez. A ação de se cortar tem muito mais a ver com um grito de socorro do que uma tentativa de findar a vida. Infelizmente, não foi encarado da melhor maneira pela família da futura médica e o jogo de aparências parecia ser mais importante do que aquele sofrimento da própria filha.

O que ficou registrado na memória de Irene foi, ao chegarem em casa e descobrirem o ato, Ícaro pareceu se transformar numa figura endemoniada, batendo com a mão contra a parede e dizendo: *Ela não pode ser louca, ela não pode fazer isso! Não agora, nunca!*, em uma agressão visual que a filha interpretou como uma vontade de ele bater nela, mas que não o fez para não piorar a situação, sabia que a Valquíria reagiria pior.

Muitas ações como essa primeira realizada por Irene foram ignoradas, sua família (pais e irmãos) preferia se afastar disso, em vez de tentar ajudá-la, pois não queriam acreditar no que estava na sua própria cara: as verdades do seio familiar. Como se tratava de um assunto que virara um tabu, em curto espaço de tempo, eles pararam de dar atenção ao pedido de ajuda de Irene até que a direção da escola, onde ela estudava, solicitou uma reunião privada com Ícaro e Valquíria para expressar a sua preocupação com o comportamento da aluna, que variava entre o agressivo e o emotivo. Em um dia, na aula de natação, sua professora de Educação Física reparou nas cicatrizes dos cortes na coxa dela, apesar de ela usar um *short* para disfarçar, e informou à direção, que prontamente chamou os pais dela para uma conversa. Muito envergonhados por precisarem expor suas vidas para um desconhecido, ouviram tudo com cuidado e falaram pouco. Por fim, a diretora da escola ofereceu um cartão de visitas de um psicanalista que poderia ajudar com suas técnicas, por se tratar de uma terapêutica recente e que estava dando resultados com outros alunos. E foi assim que Irene, aos 16 anos, deitaria a primeira vez em um divã.

CAPÍTULO **III**

Eu Não Queria Ser Como Meus Pais

Em uma ensolarada manhã de terça-feira, um dos automóveis da família estacionara no Largo do Machado, Zona Sul do Rio de Janeiro. O endereço discreto, em um bairro nobre da cidade, em uma casa de três andares, pintada de cor-de-rosa na fachada, com grades brancas e com plantas e árvores das mais variadas espécies, era o destino de Irene e seus pais rumo à primeira sessão com o psicanalista indicado pela direção da escola, em reunião extraordinária às portas fechadas há algumas semanas. Com a agenda bastante concorrida, o psicanalista freudiano, Miguel Arraes Silveira, entre uma resistência ou outra de seus pacientes, encontrara um espaço para encaixar aquela família que parecia desesperada.

A primeira porta que encontrou aberta, após atenderem o sinal da campainha, havia uma placa pintada à mão, que dizia a seguinte frase: *Qual a sua responsabilidade na desordem da qual você se encontra?* A frase, atribuída a Sigmund Freud, parecia um tanto quanto provocativa para aquele momento. No entanto, não inibiu Irene de dar mais alguns passos e constatar que, além de três andares, a casa possuía um quintal enorme e, enquanto esteve ali esperando o seu nome ser chamado, contou pelo menos dez espécies de árvores diferentes, entre elas um limoeiro, uma laranjeira, uma goiabeira, uma macieira, um coqueiro, um pé de fruta--do-conde, duas mangueiras, carambolas amarelas, pé de cajá e um pé de cacau. Se você buscasse silenciar a voz e os pensamentos, até poderia ouvir os pássaros cantando e alguns micos passeando por entre as folhas e frutos. Era mesmo um lugar onde se encontrava a paz, pensou a menina.

Irene! Irene!, foi finalmente chamada.

Meio que a contragosto, sentou em uma cadeira ao lado de seus pais que, por sua vez, olhavam atentamente a todos os detalhes da casa e do especialista. Queriam ter certeza que essa ciência que havia ficado na moda, há tão pouco tempo no Brasil, realmente poderia trazer resultados positivos para a sua filha. No estágio em que se encontravam, pararam até mesmo de se questionar se um método subjetivo poderia ser mais eficaz que os remédios que o psiquiatra de confiança do hospital receitou. Tudo o que mais desejavam era ver a primogênita deles assumindo o seu lugar nos negócios da família, quando eles não estivessem mais presentes. E estavam dispostos a fazer qualquer coisa para isso acontecer.

O movimento psicanalítico teve crescente adesão no Brasil nos anos 1980. Encarado por algumas pessoas, a princípio como um método burguês de saúde mental, somente os mais abastados poderiam pagar por uma sessão. Miguel tinha um jeito diferente, pois era bastante comum encontrar pessoas de outras classes sociais à espera de sessões em seu consultório. Questionado, em algum momento, por Valquíria, Miguel explicou sobre como a psicanálise enxergava sobretudo a importância de democratizar-se, pois todos que quisessem poderiam tratar-se e o dinheiro não seria o principal impedimento, o problema é que quase nenhum pobre sabia desse recurso e ele empenhava boa parte de seu tempo com essa propaganda do bem.

Surpresa com tudo o que viu naquela sala gigante, com muitos tapetes e estantes cheias de livros, Irene se impressionou com a suposta inteligência daquele homem, que aparentava ter uns 43 anos.

Cabelos longos, barba por fazer, Miguel vestia uma camisa azul-clara e um jeans um tanto quanto surrado, All-Star nos pés. Todo o seu descomprometimento ao se vestir era abafado quando iniciava conversas sobre o seu método de tratamento. Completamente seguro de si, o analista pareceu agradar não somente os pais, mas à Irene também, que começou a imaginar que essas sessões poderiam ser mais divertidas do que estava pensando e teria algumas horas fora de casa, nos dias de atendimento. Avisados que se tratava de uma técnica de espelhamento, Ícaro e Valquíria estavam dispostos a ver no que isso tudo poderia dar, o especialista havia se vestido dessa forma para criar uma conexão com a paciente, desde o primeiro dia, pois a escola dela tinha avisado ser uma adolescente em apuros. Assim, poderia facilitar a transferência entre eles e o tratamento correr da melhor maneira possível.

Irene, você gostaria de dizer algumas palavras sobre a sua primeira impressão daqui, de tudo?, questionou Miguel.

Meus pais queriam que eu procurasse um psicanalista para cuidar dos meus problemas. Eu faço tudo o que eles me pedem, respondeu.

Meio que desconfortavelmente em sua cadeira, Ícaro rebateu a afirmação da filha: *Só queremos o que é melhor para você Irene, seus pais sabem o que é melhor para você. Essa sua teimosia é que te deixa doente.*

E Miguel continuava a ouvir aquela conversa que começava a ficar interessante do seu ponto de vista profissional.

Vocês não se preocupam comigo, estão preocupados com quem vai assumir o patrimônio de vocês daqui a um tempo. Eu sou a herdeira que vocês não queriam ter, mas precisam se contentar, retribuiu Irene.

Tudo o que a gente tem feito esses anos todos é para você e seus irmãos. Construímos tudo para vocês poderem ter uma vida boa, formados, trabalhando com uma profissão que é nobre, arrematou Valquíria.

O problema mamãe é que eu não quero ser médica, ressaltou Irene.

Miguel intervém: *E o que você gostaria de fazer se pudesse escolher?*

O que se ouviu depois disso foi apenas silêncio.

Para cortar aquele silêncio ensurdecedor, Ícaro se levantou para perguntar sobre o sofá que estava no centro da sala, de veludo verde-musgo, com detalhes de madeira entalhados nos braços e pernas. Ele estava diante de um divã, mas não fazia ideia do que seria aquilo. Para ele, não passava de um sofá divertido e até mesmo elegante para um *hall* de hotel. Foi Valquíria quem respondeu ao dizer que já vira um assim antes, na revista Pais & Filhos, em uma matéria sobre esse novo método que parecia ter surgido há muitos anos, mas que estava ganhando notoriedade somente agora no País. As pessoas deitavam no divã para falar sobre os seus problemas. Lá era um local seguro para os pacientes fecharem os olhos e iniciarem uma viagem que perpassava por toda a sua vida, desde a infância até a sua fase atual. Era uma espécie de confessionário, brincou a senhora.

É uma espécie de confessionário, você está certa. Na verdade, o divã pode ser o que o paciente quiser que seja. É uma fantasia bastante interessante a sua, inclusive, respondeu Miguel com certa ironia.

Então é nessa meia cama, meio sofá que você resolve os problemas das pacientes?, Ícaro retrucou meio sarcástico.

Um divã é sempre muito mais do que se pensa. Todos os pensamentos a decorrer sobre isso dizem muito sobre a singularidade de cada um, respondeu respeitosamente o psicanalista.

Vocês não vieram aqui para falar de mim, Irene perguntou ironicamente.

E Miguel começou a falar um pouco mais da técnica psicanalítica e que a fala é a principal ferramenta. Tudo, naquele momento, fazia parte de uma escuta que ele estava tendo para entender pontos importantes.

O fato é que ela ficará aqui por horas com esse homem, Ícaro afirmou meio desconfiado e bem baixinho para sua esposa.

Não acontecerá nada com ela, nosso motorista estará na frente da casa e só vai embora com Irene no carro. Não seja tão perturbado, respondeu.

Tudo o que eu tenho a dizer sobre esta família é que a Medicina subiu à cabeça de todos eles, minha mãe e meu pai foram marionetes do meu avô e eles desejam que eu siga esse mesmo caminho medíocre. Você não supõe que todo pai deveria querer ver seus filhos felizes, Miguel?, disparou Irene.

Senhorita, você ainda ficará surpresa sobre o que os pais podem fazer, Miguel finalizou a conversa.

Antes que o tempo de uma sessão terminasse, os três se olharam como se fossem brigar e, com tantas coisas a dizer, simplesmente preferem não falar. Para quem já dissera mais do que gostaria, Irene pegou sua bolsa e seguiu em direção à saída, enquanto seus pais ficaram mais um pouco na sala, investigando tudo como se estivessem intencionados a encontrar uma falha para justificar o que eles estavam fazendo ali, afinal. Era possível escutar a dor daquela mãe, somente pelo olhar apertado, quase que implorando para deitar no divã e poder associar livremente sobre todas as coisas que, além de demonstrar com o olhar, também dilaceravam o peito. Incapaz de dizer uma só palavra sobre isso, deu-se por satisfeita em desejar uma bom dia ao Miguel e alcançar o seu marido que, a esta hora, já estava quase dobrando o corredor principal rumo às suas reuniões no hospital. Mas, Miguel tinha ainda uma última palavra com Valquíria:

Senhora, gosta de mitologia grega?

Lia algo desse tipo na adolescência, mas hoje não tenho tempo para mitos, respondeu ao Miguel.

Se ainda tiver um exemplar na sua casa, procure pelo significado do nome Ícaro e Irene. Me parece que você está rodeada de mitos gregos e talvez não tenha reparado ainda, insistiu Miguel.

Enquanto Ícaro foi diretamente para o hospital, Valquíria acompanhou Irene até chegarem em casa. Não fez muitas objeções aquele dia, entrou calada no carro e saiu muda, o que fez a sua filha estranhar bastante, mas agradecer também pelo silêncio. Ao adentrarem pela porta da sala, Valquíria seguiu diretamente para o seu escritório e buscou entre os livros algum que tivesse referências que Miguel tinha comentado. No fundo, ela realmente achou estranho o seu marido ter um nome de um mito grego, assim como ela escolheu o nome da sua primeira filha, Irene. Ao terminar de ler e fechar o livro, Valquíria se sentiu mal por comparar a vida de seu marido com o mito que circunda o seu nome e achar semelhanças. Mas, logo se dá conta que ela poderia estar meio confusa com toda situação complicada que está acontecendo na família, resolveu guardar o livro e não pensar mais nisso. Cansada de todo o estresse do dia, tirou um cochilo no sofá do escritório e repousou sobre a sua bolsa, ainda de sapatos. Não demorou muito para Valquíria pegar no sono e sonhar com uma passagem da sua vida, há muito esquecida. Ao se recordar que a sua mãe escolheu seu nome inspirada nos contos nórdicos, vivenciou uma fantasia, que, de tão real, a fez acordar suando frio: O campo era florido, tulipas brancas e vermelhas, mãe e filha caminhavam em uma cidadezinha produtora de flores, na Holanda. Estavam viajando juntas, quando Valquíria se deparou com uma senhora, em uma padaria, elogiando o seu nome e resolveu perguntar à sua mãe qual era o significado.

Gostei desse nome desde a primeira vez que vi um filme e a mulher mais forte, protagonista, tinha esse nome. Depois fui pesquisar e descobri serem mensageiras de Odin, eram elas que escolhiam os mortos e montavam os exércitos para o dia do enfrentamento dos gigantes.

Valquíria, que só tinha 6 anos, acabou esquecendo completamente dessas palavras e foi recordar somente nessa viagem ao passado, a partir de soneca de 30 minutos, em seu escritório. A questão é que depois que sua mãe explicou os motivos da escolha, ainda dentro do sonho, o campo de tulipas virou um milharal fantasmagórico com muitos mortos-vivos andando transtornados sem saber para onde irem e o que estavam fazendo ali. Quando percebeu, Valquíria estava dentro de um campo de batalhas vendo os soldados de Odin lutando, sangrando e havia muitos gritos de pavor. O seu trabalho era justamente escolher, entre os seus, quem faria a passagem até o mundo espiritual. Atordoada, Valquíria põe as mãos na cabeça e despertou abruptamente. Quis gritar, mas logo se recompôs e percebeu que se tratava apenas de um sonho.

Atrás de sua mesa, de sua roupa social e gravata escolhida com cuidado, Ícaro não passava de alguém infeliz, porém muito agradecido pela oportunidade que teve. Diante de todo acolhimento daquela família que acabou se tornando sua, como ele poderia dizer "não" para aquele homem alto, bem vestido, de argumentos válidos, que havia o recebido de braços abertos, a quem ele se referia como sogro, mas que, curiosamente, pedia para ser chamado de pai. O caso é que toda aquela vontade de se tornar um pintor reconhecido por sua obra não passava de apenas um sonho distante e inalcançável, depois que engravidara a sua esposa. Ele tinha uma aversão quase que doentia ao ouvir Irene dizer gostar de pintar e que ainda tinha talento para isso, mesmo ele boicotando todos os pedidos de cursos de desenhos e nunca ter dado uma tela e tinta de presentes, mesmo que fosse para passar algum tempo. Em sua casa eram proibidas obras de arte, principalmente se fossem quadros ou telas. Ele preferia a televisão e as paredes todas brancas, como um leito de hospital e, mesmo que inconscientemente, permitia que seu estado de humor fosse tão nulo quanto àquelas paredes. Conforme o tempo, toda aquela vontade de viver foi se apagando para dar espaço a um homem de negócios que nem estava mais com tempo para exercer a Medicina, com tantos afazeres de um diretor de hospital, a esta altura, era mais fácil encontrá-lo na política do que sendo cardiologista.

Havia muitas coisas a se perder se os filhos não se tornassem médicos e capazes de gerir um hospital daquele tamanho e que ainda estava ganhando proporções ainda maiores com a rede de hospitais, Santo Agostinho, que estava sendo construída. Era um verdadeiro império que não poderia cair nas mãos de qualquer pessoa, assim, ter uma empresa familiar e com gente especializada para não levar tudo à derrocada era a sua principal missão de vida, pedido pessoal de seu sogro, antes de falecer. Ele não gostava nem de pensar que seus descendentes diretos poderiam ser os principais causadores de um fechamento daquele lugar, pois era o mesmo que causar uma decepção para o seu sogro, apesar de morto. Não é que tudo fora somente dinheiro, mas não quer dizer que os motivos eram nobres, grande parte tinha a ver com poder e com legado, características importantes para todo mundo que ousasse a entrar para aquela família.

A sua sala parecia uma extensão de um escritório desses que se via nos filmes dos anos 1980, cheio de prateleiras com livros, mesas de madeira, itens de decoração dourados, uma cadeira de couro marrom, tapete persa, cafeteira e cinzeiros por onde quer que os olhos poderiam alcançar, especialmente aquele cinzeiro de prata pura herdado de seu sogro, aquele que gostava de ser chamado pai. Algo incomodava Ícaro quando se lembrava dos momentos com o pai de Valquíria, talvez pelo fato de não ter tido um filho homem, ele acabou ocupando essa posição na vida daquele senhor que morreu de câncer na laringe justamente pelo uso excessivo de tabaco, cigarros esses repousados naquele cinzeiro de prata que descansava ali sobre a mesa, diariamente.

Enquanto mais uma reunião era finalizada naquele dia, que parecia meio conturbado com aquela sessão sem pé e sem cabeça com o analista Miguel, Ícaro saiu de sua sala com muitas ideias na cabeça e todas elas precisavam ser colocadas em prática o mais rápido possível. E mesmo apesar de parecer tão óbvio hoje em dia fazer propaganda e *marketing* de empresas, para ele não era tão simples assim pensar que o hospital estava precisando dar uma guinada de pacientes que poderiam pagar planos de saúde, ninguém gostaria de uma crise e era importante agir rápido. Quando recebeu um planejamento apresentado por uma agência de publicidade bastante famosa entre os ricos do Rio de Janeiro, cheio de números e possibilidades de ganhar o dobro e até o triplo daquilo que eles estavam acostumados a receber, voltou o seu olhar com mais critério para anunciar em jornais e em *outdoor*, talvez quem sabe fosse possível fazer um anúncio na televisão, no horário nobre de seus programas favoritos e soltar um *spot* de rádio nas principais estações que os cariocas gostassem. Foi assim que o hospital investiu e abriu a sua primeira conta comercial em uma agência. As celebridades lançadas pelos publicitários que estavam à frente da conta do hospital eram tão importantes que Ícaro e Valquíria tinham certeza que ninguém deixaria de ter um plano de saúde com eles.

Dito e feito, e não demorou muito para que os vídeos mais chamativos ficassem prontos e rodassem nos principais canais de televisão do Rio de Janeiro e, conforme a rede de hospitais se expandia, a propaganda tomava conta dos principais estados brasileiros. Os anúncios foram verdadeiros sucesso e o telefone não parava de tocar, eles precisaram expandir o setor de atendimento para uma sala de *telemarketing* e com isso tudo foi crescendo de uma forma que Irene foi sendo esquecida por eles, apesar de manter o seu acompanhamento com Miguel, que durou um ano. Não havia uma sessão que a menina não saísse de lá chorando compulsivamente, ela precisava aguardar um pouco naquele belo jardim até tomar o seu carro de volta para casa, não poderia aparecer com o rosto vermelho e inchado, pois o motorista suspeitaria que algo mais grave acontecera. O lado positivo disso tudo é que Irene não precisou mais tomar remédios para aquela suposta depressão, Miguel entendeu que suas reações não passavam de tentativas de buscar a sua identidade diante de toda aquela pressão que ela estava sofrendo, desde muito nova, além de tratar a possibilidade de bulimia de outra maneira com análise. Longe dos medicamentos, ela acordava mais disposta a estudar, a fazer seus cursos e até chegou a praticar Vela com o seu pai, de novo, nos finais de semana. Com esse comportamento mudado, voltou a ganhar a confiança dos pais e começou a correr para manter o peso sem precisar induzir vômitos. Gradualmente, sem perceber, ela começou a fazer regimes restritivos e comprava muitas revistas com as dietas da moda e acreditava que isso era uma maneira de estar saudável e que qualquer ideia de doença estava indo embora, certamente a sua mãe veria avanços e deixaria ela quieta. Ela não estava mais reclamando do vestibular, pelo contrário, iniciava até algumas conversas em casa sobre o futuro com a residência, algo completamente novo para seus irmãos Caio e Camila também, que tinham nela alguém de forte referência e que acabaram se inspirando nela para seguir seus destinos de bom grado, apesar dos custos disso no futuro.

Ao passo que esses doze meses foram passando, Irene se despediu de Miguel por telefone, de supetão: *Sinto por você um enorme carinho por ter me ajudado a me curar. Eu voltei a conseguir parar de comer compulsivamente, faço dietas que me mantém bem com o meu peso. Agora eu sinto que estou pronta para encarar os desafios da vida, estou mais magra e muito mais fortalecida para realizar o trabalho que meus pais querem que eu exerça, começo a pensar que eu quero isso também e aquele passado com artes não me afeta mais. Não acredito que vá mais precisar das sessões, estou finalizando por telefone para que as coisas não fiquem tão difíceis assim*, disse Irene, que aos 17 anos acreditava estar suficiente madura para seguir com o que precisava.

Mesmo você não tendo perguntado a mim sobre estar pronta ou não para a sua alta, digo em bom grado que deveria pensar melhor a respeito. Por muitas vezes a resistência brinca com a nossa cabeça e aquele progresso feito antes pode sumir em questões de minutos, tentou completar a frase até ouvir o sinal de que Irene havia desligado o telefone. E foi assim que esse rompimento brusco com a sua análise pessoal se deu. De alguma forma muito torpe, Irene estava pronta para fazer a sua faculdade de medicina, estava se sentindo capaz de enfrentar isso e que esse fato não era tão ruim assim, agora que estava mais crescida. Pensando até melhor, começou a se questionar sobre o futuro com a pintura, o quanto seria difícil cuidar de uma carreira aqui no Brasil, lugar onde as pessoas não ligavam muito para os pintores. Nada era glamoroso por aqui fazer uma faculdade de Belas Artes, não se comparado com Medicina. Sem contar que seu pai e mãe ficariam extremamente felizes ao não precisar mais ouvir sobre artistas e suas obras de arte em casa, tudo estava entrando em equilíbrio familiar.

A desculpa que deu para seus familiares para pôr um fim na análise é que ela estava se sentindo tão bem que o Miguel disse que ela conseguiria seguir a sua vida dali por diante, que a maturidade que ela adquirira nesses meses de sessão valeriam por toda a sua vida. Para eles estava realmente tudo bem, que nem se preocuparam em investigar se era verdade, pois ela não estava mais comendo sem fome (ao menos não demonstrava) nem parava de falar sobre as dúvidas com as especialidades, que tudo o que não queria era se tornar uma médica de clínica geral. Irene estava até namorando Danilo, filho de um amigo da família, que por acaso estava nos primeiros anos de faculdade de Medicina. Nada poderia ser tão bom quanto aquele sonho que estavam vivendo. Chegaram, inclusive, a convidar o Miguel para ser Psicanalista do hospital Santo Agostinho, em uma ala destinada à saúde mental, que recusou educadamente. Valquíria, encantada com tudo aquilo, recomendava Miguel para todas as suas amigas, mas, curiosamente, nunca chegou a realizar uma sessão com ele e jamais tocava no assunto sobre os livros de mitologia grega e o sonho nórdico para ninguém.

Valquíria, a não analisada:

Desde criança, Valquíria sofria com o fato de não ter nascido homem, assim como o seu pai desejava. Impedida de viver a sua infância com alegria e plenitude, estava sempre à sombra de alguém que não existia, um menino que deveria ter nascido em seu lugar.

Certa vez, ouviu uma briga de seus pais por isso e jamais conseguiu esquecer: *Você foi incapaz de me dar aquele filho que eu tanto te pedi, o quanto que eu falava na sua barriga que eu gostaria que fosse homem! Homem com H maiúsculo. Eu não te pedia mais nada, eu te dei tudo, meu amor, meu cuidado, meu carinho, te dei casa, comida, roupas, jóias, sapatos, tudo aquilo de mais caro que eu pude te dar. A única coisa que quis de volta era um filho macho. E você me veio com "essa" menina*, gritava Arnaldo, dentro de casa. Valquíria tinha apenas 5 anos de idade.

Ela pode se tornar uma médica também, Arnaldo. Ela pode ser a sua filha amada, não é porque não veio homem como você queria que ela não pode se tornar uma pessoa especial para você. E, além disso, podemos continuar tentando o nosso filho macho, tentava argumentar Angelina, mãe de Valquíria.

Eu não vou ter outro bebê com você e arriscar vir outra mulher. Já tem muita mulher no mundo e eu não quero fazer mais. O mundo é comandado pelos homens, eu preciso de um homem para deixar o meu legado. Agora, sabe-se lá que quando essa aí nascer vai escolher um marido que seja bom para o que preciso. Vou precisar esperar anos e aconselhar bastante para ela fazer a escolha certa. Porque ainda tem isso, Angelina, ela pode querer escolher um homem interesseiro e que não serve para nada. Imagina só ela se envolver com um desses artistas hippies que acham que tudo é maconha, paz e amor. Você só me decepciona, mulher!, bravou ainda mais.

E por isso se culpava muito, pois não conseguia entender como essas coisas são escolhidas. Achou, por muito tempo, que a responsabilidade era de sua mãe, já que ela carregou a barriga por longos nove meses, ela teria o "poder" de decidir o sexo da criança. Quando a adolescência chegou, pensou que poderia mostrar para o seu pai que tinha valor em algo que fazia e começou a se interessar pelas mesmas coisas que ele, não somente em ser médica, mas em tudo o que ele fazia, lia as mesmas revistas sobre negócios, acompanhava-o em lojas de materiais de construção, procurava aprender a usar as mais variadas ferramentas. Valquíria queria provar para o seu pai que não era devido a uma questão anatômica que ela não poderia ser quem ele queria que fosse. No entanto, ganhou de presente um pai dissimulado, que a incentivou em tudo, prometendo que um dia ela seria a dona do hospital Santo Agostinho, quando se cassasse com um homem sério que poderia a ajudar com a gestão, enquanto ela pudesse se dividir em casa, com os seus netos (de preferência homens), e com o trabalho, depois da faculdade. Muito nova para entender nas entrelinhas, pensou que a linha de sucessão da família seria dela, no entanto, ao se casar com Ícaro, o jogo mudou, inclusive no contato com o seu pai, pois aquele filho que ele nunca tivera passou a existir com o seu genro. Cultivando remorso, ciúmes e dor, mas sem saber explicar exatamente os motivos pelos quais existia inveja na relação deles, culpava-se novamente por sentir essas emoções sem uma explicação aparente. Acabou passando o final da adolescência e início da sua fase adulta convivendo mais com a sua mãe, que lhe causava alguns transtornos sobre aparência, maquiagem, beleza, peso e isso foi crucial para que desenvolvesse dependências sobre a sua imagem, demonstrando excessiva preocupação com a possibilidade de um abandono de seu marido Ícaro. Desde que descobriu as traições dele, anos após casados, Valquíria nunca mais conseguiu viver em paz, iniciando uma bateria de cirurgias plásticas para consertar algo no seu corpo que não sabia o que era, mas que, com certeza, havia um motivo, pois o seu marido não estava mais a olhando com a mesma paixão de outrora. Nunca teve ninguém para lhe aconselhar sobre a possibilidade de conversar com um profissional, alguém que a escutasse e buscasse entender, na sua história de vida, as origens dessas séries de intervenções cirúrgicas e dietas que mais prejudicavam do que faziam bem. Seguiu uma vida solitária, com muitos ecos de vozes perdidas na infância e que reverberam em sua carne, até agora.

Quando mais velha, dizia estar bem resolvida com suas questões, que nada como o tempo para nos mostrar a vida como ela é. Muitos dos conteúdos que viveu na sua infância acabaram sendo recalcados, até sentia vontade de fazer análise, mas não conseguia se dar conta que a sua resistência era tão forte que nem a permitiu a essa possibilidade. Camila fez algumas semanas, com um analista muito bem indicado por Miguel, porém logo foi fazer um intercâmbio nos Estados Unidos, com seu irmão, e quando voltou ao Brasil nem sequer se recordava que fez sessões um dia. As coisas pareciam ter entrado em eixo de forma que, se o Ícaro fosse olhar para trás e tentasse definir aquele momento familiar, não passaria de um sonho ruim.

Os anos se passaram, Irene completou 20 anos e recebeu a carta de aprovação para cursar medicina na Universidade Federal do Rio de Janeiro. Chorando de emoção, certa de que seus esforços a levariam para aquele resultado, seu, agora então, noivo Danilo se encarregou de dar uma verdadeira festa em sua casa. Os dois estavam planejando casar quando ela começasse a sua residência, já estavam com uma casa alugada em Nova Iorque, Estados Unidos.

Mal começara o curso de Medicina e Irene parecia ser uma veterana no quesito ansiedade e estresse, sentia precisar orgulhar os seus pais com excelentes notas, ser uma aluna notável e escrever todos os artigos acadêmicos que conseguisse para manter um ótimo currículo. As cobranças esmagavam os sonhos dela sem ser possível perceber. Dia após dia, Irene se mantinha ocupada demais para dar vasão a seus pensamentos intrusivos, pois, a qualquer oportunidade, sua cabeça iniciava uma série de questionamentos sobre estar no caminho certo e não era exatamente isso que ela gostaria. Afastar os antigos desejos e guardá-los em uma caixinha fechada a sete chaves já fazia parte de sua rotina há anos. Se alguém pudesse pensar em abri-la, mais pareceria com a de Pandora, que guarda todos os segredos do universo. De certa forma, a faculdade fez bem para ela, já que cumprir seis anos intensos de vida acadêmica, além de completar os finais de semana com festas e bebidas, a deixaria cada vez mais afastada de si, tornando-se uma mulher em um corpo estranho, que nem mesmo ela conseguiria reconhecer. Um refúgio de mentiras, Irene estava em fuga da própria vida.

Danilo, o veterano:

Danilo, já veterano na faculdade, mostrava-se alguém estranho quando encontrava com Irene no campus. Misterioso e sem muitos afetos positivos, a tratava como mais uma colega de profissão. Era proibido se beijar em público e praticamente se encontravam fora da faculdade, nos finais de semana em que estavam em casa, nas festas de família. Irene viveu alguns anos em dúvida sobre ele ser a pessoa perfeita para casar, no entanto, era alguém que a sua mãe aprovava e achava mesmo que essa união renderia bons frutos profissionais e netos. A vida passava meio que distante do controle de Irene, sempre com alguém segurando o volante das suas decisões, criando histórias injetadas sem que lhe pedissem permissão. Uma espécie de marionete, agora adulta, mas ainda sim acatando as ordens dos pais, sem se questionar sobre isso. Às vezes se recordava da análise e como isso ajudava em momentos de ansiedade, mas não acreditava ser possível voltar a falar com Miguel depois daquele telefonema, que hoje em dia ela até reconhece ter sido estranho, como se quisesse cortar logo aquele laço.

Os dias e os meses passaram, provas e grupos de estudos tomaram conta de todo o tempo de Irene. Ao menos ela conseguiu cultivar duas amizades, Carmem e Heloísa, duas novatas no curso, assim como ela. Danilo que não gostava muito das amizades dela, como se as duas moças fossem pessoas ruins e que a levariam para o mau caminho. Irene que nunca tinha experimentado álcool na vida aprendeu a beber e ficar de porre, era o seu atual esporte preferido. Incapaz de permitir que sua noiva tivesse momentos de diversão, sempre que ficava sabendo que ela estava em alguma festa pelo campus, Danilo aparecia do nada para dar conselhos sobre como não se meter nesses lugares. Em uma noite, o caos se instalou como uma casa em chamas, pois foi a primeira vez que Irene teve coragem de impor a sua vontade e dar limites naquela relação que mais parecia com um noivado com o seu pai, pois Danilo tinha uma figura paterna machista forte, a qual Irene considerava familiar, talvez sendo esse o principal motivo de seu interesse por ele, pois não combinavam com mais nada. Também se enxergava sua mãe nele, principalmente quando ele resolvia opinar sobre o que ela vestia e cobrar sobre ter engordado um pouco. Achava que tudo isso não passava de distrações e procrastinação para quem não tinha foco de pensar no que realmente importava: a vida profissional, o futuro e o dinheiro. Totalmente avesso a qualquer manifestação artística, ele era o tipo de homem que não se comovia com uma peça de teatro ou com um filme de drama. Era como se ele fosse um pouco de Ícaro e um pouco de Valquíria em um só corpo. Nascido e criado em uma família extremamente religiosa, Danilo tinha uma vida dupla, que Irene não conhecia. Oficialmente ele era o noivo dela, mulher que a sua família aprovou sem pensar duas vezes, um homem tradicional, de boas intenções para o casamento, terminando sua faculdade de Medicina, estaria, em breve, pronto para muitos filhos. Porém, o que ninguém sabia era que ele gostava de sair à noite para realizar seus desejos sexuais com outros homens, era participante ativo de uma casa de swing e voyerismo. Incapaz de assumir a sua homossexualidade para sua família e noiva, tornou-se uma pessoa seca, abusiva e distante com Irene, que casou virgem por acreditar que Danilo tinha decidido esperar para não darem um passo em falso e acabarem grávidos antes do tempo, relembrando o episódio que acontecera com seus pais, que havia resultado nela, o que a deixava ainda mais culpada por sua existência e dava tempo para ele, uma desculpa perfeita, que ele aproveitou convenientemente.

Na noite em que Irene decidiu dizer o que pensava a respeito dos desmandes de Danilo, recebeu de presente um tapa na cara do noivo, que disse para ela em alto e bom som: *Você vai se casar comigo e eu não espero que continue com este comportamento desnecessário de sair à noite com mulheres promíscuas, mantenha-se bonita e alegre somente para mim, cuidará de nossa casa e da nossa vida,* mas Irene teve dúvidas se realmente isso aconteceu ou se não foi parte de uma fantasia que sua bebedeira a tinha levado a crer. Naquela época, ela tinha percebido que trocar a vontade de comer por beber a deixava mais *offline* e acabava dormindo no final das contas e não atacava a geladeira. De qualquer forma, ela nunca teve coragem de perguntar-lhe o que tinha acontecido naquele dia, já que ela acordou em seu quarto, confortavelmente bem, coberta com o seu edredom preferido. Assim que levantou da cama, na manhã seguinte, foi surpreendida com um buquê de flores e um café da manhã, que deixou Valquíria extremamente orgulhosa do futuro genro.

Contei para a sua mãe que ontem você estava passando mal porque tomou um remédio para ficar mais tempo acordada estudando. Te trouxe para casa, coloquei você na cama e estou voltando agora cedo, antes da aula, para saber se você dormiu bem. As flores são para você, pois sei que gosta de rosas vermelhas. Gosto de te agradar quando merece, meu amor, explicou rapidamente Danilo, de maneira bastante manipulativa, sobre as desculpas que deu para, aparentemente, acobertar a bebedeira de Irene, que se sentiu feliz com a surpresa das flores e grata por guardar o segredo da sua família.

Depois desse episódio que ficou na memória da futura médica, os anos seguintes de faculdade passaram mais tranquilamente, às vezes, Irene até saía escondido de Danilo, aproveitava quando ele dizia que ficaria até tarde estudando e não poderia vê-la. No entanto, sentia-se muito culpada por isso, pois achava realmente que não deveria fazer nada escondido de seu noivo. Irene apenas queria se divertir, pois não aguentava ficar muito tempo estudando, preparando-se para o futuro, sem ter momentos de fuga da realidade, onde poderia ser um pouco dela mesma, sem que outras pessoas dissessem o que ela precisava fazer. Esses momentos passaram por Danilo sem nenhuma percepção, já que ele não estava estudando em casa, e sim se divertindo à sua maneira com parceiros diferentes a cada noite.

Os anos se passam e Irene completou o seu quinto ano de faculdade. Por acaso também estava fazendo cinco anos de relacionamento com Danilo e pensou que esta seria uma data importante a ser comemorada. Agora com 25 anos, achou ser o momento certo de perder a virgindade com seu noivo e resolveu preparar uma surpresa para eles dois comemorarem a data especial.

Alugou um quarto de hotel, encomendou um jantar especial, comprou roupas e lingerie nova para chamar à atenção de Danilo, que se viu obrigado a aquiescer as investidas da noiva, afinal de contas era uma data importante. Foi assim que eles tiveram a sua primeira noite de amor. Conversaram sobre o futuro, como gostariam que fosse o casamento, ela chegou até sentir que ele estava sendo mais carinhoso e próximo dela e, por isso, uma fagulha de esperança preencheu o seu coração e pensou que tudo poderia ser diferente depois que casassem e fossem morar fora do País. De repente, aquele jeito dele mudaria por completo ao respirar novos ares e poderiam ser felizes como em seus planos.

Quando chegou no dia da formatura, um ano depois, Danilo já era um médico residente no hospital Santo Agostinho e, exatamente por esse motivo, ele se via à vontade para opinar sobre as escolhas que Irene fazia sobre especializações. Na verdade, conforme a rede de hospitais se expandia, decisões de negócios eram impostas. Ela gostava de operar pessoas, a ideia de se tornar uma cirurgiã era algo que ela queria, pois a ideia de cortar carnes de uma forma totalmente legal aplacava o seu desejo inconsciente de cortar a própria carne, para se sentir melhor. Situação essa, amplamente criticada por Danilo, mais um que não entendia o motivo pelo qual ela aparecia com machucados na coxa, mas também não se importava o suficiente com isso. A questão dele era saber se ela andava em algum tipo de seita ou então o estava traindo com algum homem que gostava de sadomasoquismo. Para Irene, todas às vezes que ela passava por testes ou acompanhava uma cirurgia, era um estar bem que ela não conseguia definir. Já que o jeito era ser médica, que então ela realizasse seu desejo cortando com o bisturi. Por sorte, o hospital estava mesmo precisando contar com uma direção na área de cirurgia e, enquanto Irene não era o nome principal, outros profissionais trabalhavam ativamente para que o centro de cirurgia do hospital crescesse e continuasse a ser referência no estado. Muitos pacientes de outras cidades eram enviados para lá, pois os melhores médicos trabalhavam naquela ala, havia tecnologia de ponta.

Somente uma coisa poderia tirar a atenção de Irene nesse momento de transição de vida: a festa de seu casamento. Tomada por um sentimento efusivo e determinada a fazer com que a união desse certo, ela mesma cuidou pessoalmente para que o evento fosse um sucesso. Preocupadíssima com seu corpo, pesava-se mais de uma vez ao dia para contar os gramas ganhos. Se algo fugisse do seu ideal de peso, ela comia e vomitava, em tentativas repetitivas de aplacar a ansiedade e emagrecer um pouco mais. Diversas pessoas importantes foram convidadas, o espaço era incrivelmente chique e pomposo, digno da filha de um magnata da saúde, não era ela que ia fazer feio dentro de um vestido que o zíper não subia. Irene chegou a convidar a família de Sosô, que ficaram felizes pelo convite e participaram com muita alegria. Sua amiga, apesar de um pouco distante nos últimos anos, a presenteou com uma viagem para Fernando de Noronha, a qual foi muito bem aproveitada antes de sair definitivamente para os Estados Unidos. Acabaram tendo duas luas de mel, pois já havia uma programação no exterior com um hotel caro e tudo pago pelo pai de Irene, nos Estados Unidos, e foi assim que tudo aconteceu, depois que saíram de Fernando de Noronha, voaram direto para a América do Norte. Danilo, dormiu todas as noites alegando estar supercansado com todo o trabalho que teve de organizar o casamento, festa, fuso horário, mas algo incomodava Irene, pois ela pensou que a sua lua de mel seria digna dos contos de fadas, com muito amor, que a fizesse sentir-se uma princesa. No entanto, não foi exatamente isso que aconteceu.

Logo após esse pequeno momento de descanso e viagens, chegaram à casa que seria o lar dos dois por um tempo, que já estava pronta e alugada muito antes de suas chegadas.

Tudo era como um sonho para Irene, sem pensar nos sinais estranhos que aconteciam, apaixonada e radiante com a ideia de se casar com um homem que a amava, nem sequer interpretava os seus sentimentos por ele. Acreditava que o amor dele já era suficiente para os dois crescerem na vida. A única coisa que não desejava era ter filhos cedo, não queria que nada atrapalhasse sua rotina, pois precisava ser perfeita desde a hora que acordava até a hora de dormir. Apesar dos planos de ter muitos filhos, Danilo não fazia questão que fosse algo para agora, poderia esperar um pouco mais. Se tinha uma coisa que ela se orgulhava em dizer que puxara do seu pai era a organização. Tudo para ela se tratava de uma questão de planejamento e se algo saísse de seu controle ficava mal, e ter filhos, para ela, representava uma preocupação maior com o seu corpo e diversas intervenções assim como a sua mãe fez. Sem perceber, para compensar esses pequenos estresses do dia a dia, porque certamente as coisas saíam do controle, às vezes mais de uma vez ao dia, Irene começara a comer mesmo sem apetite de novo, desenvolvendo uma culpa por algumas coisas planejadas não terem dado certo, inclusive o declínio de seu casamento algum tempo depois, ela comia sob forte emoção, tanto boa quanto má.

Viver nos Estados Unidos era bom, uma diferença na qualidade de vida poderia ser notada por ambos, mesmo sendo de famílias ricas no Brasil. Foram se especializar para voltarem ao seu país de origem, sendo os melhores no que faziam. Eles não tiveram dificuldades de adaptação quanto à língua, já que falavam inglês fluentemente, desde jovens. E não era a primeira vez que eles estavam naquele país. Irene considerava o clima frio muito melhor que aquele calor típico do Rio de Janeiro, supunha que as pessoas se vestiam melhor e ela prezava por elegância e requinte. Ela passou um bom tempo se ocupando de conhecer os museus e os centros de arte de Nova Iorque, principalmente quando estava de folga do hospital, escondido de todo mundo, já que ninguém teria nada de interessante para lhe falar, a não ser criticar pela falta de tempo com cultura. Não demoraram para encontrar empregos, já que a família do casal tinha bons contatos e eles foram indicados a bons cargos.

Mesmo com muitos plantões extenuantes em sua residência, demais especializações e falta de tempo, Irene percebeu um certo afastamento de seu marido e também algumas mentiras sobre o trabalho. Não demorou muito para reparar que ele estava mentindo sobre os dias que saía à noite para um atendimento de emergência, o que ela começou a pensar ser sua culpa por estar engordando e não o completar mais enquanto sua esposa. Quando ela teve coragem de o seguir em um dia desses, foi levada até uma boate e tomou um susto quando entrou no lugar e viu ser a única mulher no espaço. Ainda atordoada pelo momento e sem entender o que ainda estava por vir, deu de cara com Danilo beijando outro homem no corredor que dava para o banheiro. Intrigada com aquela cena, Irene apenas o deixou ver que ela tinha descoberto a traição e saiu correndo dali para fora. Consternado pela situação e por ser descoberto, Danilo foi diretamente para casa esperando encontrá-la, mas Irene não voltou aquele dia. Desesperado com o que ela poderia fazer com aquela informação, ele não conseguiu dormir e não faz a menor ideia de onde ela poderia ter ido. Quando amanheceu, apareceu em casa com uma cara que não conseguiu descansar nem um minuto sequer e os dois então resolvem conversar sobre o ocorrido.

Você não pode contar de forma alguma que viu isso. Não é algo que eu goste de fazer, mas sinto uma necessidade disso, Irene. Você não é a primeira e não será a única mulher ter que conviver com um homem como eu, dispara Danilo.

A única coisa que eu consigo pensar é que fui enganada. Eu nunca poderia ser aquilo que você desejava desde o começo e, se eu tivesse seguido a minha intuição, não estaria casada com um homem que não gosta de mim, mentindo até para si. Se você gosta ou não gosta de mulheres, isso não muda em nada. Meu problema não é este, tudo tem a ver com a sua falta de honestidade, Danilo.

Você idealiza demais essa relação. Eu nunca vi alguém feliz no casamento. Meus pais não são, nem os seus são. Eles são mais uma espécie de casal que se atura por causa do dinheiro da família. Seu pai mesmo tem diversas amantes enfermeiras no hospital. Sua mãe finge que não sabe e se cala diante disso para manter as aparências, tentou argumentar.

Eu sou mesmo muito tola para acreditar que estava vivendo feliz. E naquela época que estávamos noivos, você me bateu, né? Eu fiz um esforço danado para pensar ser um sonho ruim, mas você me agrediu.

O que você queria que eu fizesse, Irene? Você dá muito trabalho, uma sonhadora incurável! Vou sair dessa casa, digo que acabou! E qualquer calúnia que disser sobre mim será fortemente combatida, você entendeu?

Depois de todas essas ameaças e situações ruins, Irene apenas esperou que Danilo guardasse suas roupas e sair pela porta da frente com a cabeça erguida, como se tivesse se libertado de um problema. Alugou um *flat* bem perto do hospital em que trabalhava e seguiu sua vida desde então, sem sofrimento, fez questão de ligar para os pais dela e dar a sua versão sobre a separação, pensando que ela fosse entrar em contato e resolveu agir primeiro. Ele lhes disse que Irene estava descontrolada, não aguentava de saudade dos familiares, começou a comer para aplacar a dor de existir, engordara quilos e mais quilos desenfreadamente e parou de dar atenção que ele precisava enquanto homem. Informou-lhes que fez de tudo para ela mudar de pensamento, mas ela, egoistamente, só pensava nela. Por isso, separaram-se.

Abalada e magoada, Irene fez suas próprias associações sobre o término e entendeu que todas as reclamações que ele fazia sobre seu corpo, sobre o quanto tinha engordado, era motivo para ele procurar aventuras. Ela não estava mais sendo uma mulher atraente para seu marido e foi isso que ela levou como motivo para o término daquele casamento. Jamais conseguiu falar para alguém que ela tinha sido agredida por ele, pois se sentiu envergonhada de ter ainda casado com aquele homem abusivo, mentiroso e tóxico.

Uma enxurrada de ligações de Valquíria foram ignoradas com o passar dos dias. Sobre a cama, muito mal conseguia sair para tomar um banho e voltar a deitar. Ligava apenas para o *fast-food* e pedia lanches e doces, via filmes e chegou a faltar por uma semana no seu trabalho. Uma das supervisoras do hospital em que ela fazia a sua residência começou a suspeitar que algo estava errado com ela, a médica mais assídua e responsável estava faltando sem dar uma desculpa sequer. Ela apenas se reservava ao direito de ligar e dizer que não poderia ir em seus plantões. Preocupada, Megan foi até a casa de Irene. Ao tocar a campainha, ficou surpresa que a porta estava aberta e entrou chamando pela colega. Extremamente surpresa com aquilo, ela levantou da cama e perguntou: *Mas, o que você está fazendo aqui?*

OMG. O que você está fazendo nessa cama? Você pegou alguma gripe séria? Estamos todos preocupados com você no hospital, perguntou Megan.

Estou com uns problemas pessoais, não quero ver ninguém.

Megan reparou os armários mexidos e sem as roupas de Danilo, percebeu tudo o que estava acontecendo e resolveu apoiar Irene. Apesar dos pedidos dela para sair de sua casa, sua supervisora entendeu que ela não tinha ninguém com quem contar e ficou o dia inteiro ajudando-lhe com a casa, arrumou tudo, faz uma comida e aproveitou para atender o telefone quando tocou.

Quem é você? O que está acontecendo com a minha filha? Ela não atende este telefone há semanas e agora uma pessoa totalmente desconhecida atende? Com quem eu estou falando?, reclamou Valquíria em tom de preocupação e esporro ao mesmo tempo.

Megan explicou toda a situação e Valquíria conseguiu se acalmar um pouco mais. Resolveu comprar uma passagem para os Estados Unidos para ver de perto a sua filha. Mesmo com todas as rusgas, ela era uma mãe que se preocupava. Não sabia exatamente o mal que suas decisões impensadas faziam à própria filha e acreditava que tudo o que faz era para o seu próprio bem.

Alguns dias se passam até que Valquíria desembarca com Camila em Nova Iorque. Preocupadas com tudo o que estava acontecendo, foram diretamente para casa de Irene. No entanto, ela parecia estar melhor depois da conversa que teve com Megan, já estava de volta ao trabalho e aproveitou que elas tinham viajado de tão longe por tanto tempo que pegou alguns dias de folga para descansarem em uma casa no lago. As Montanhas Catskill são um ótimo ponto turístico para quem quer ter momentos de descanso e Irene gostava daquele clima com muita natureza e conforto.

Valquíria e Camila estavam empenhadas em ter bons momentos em família e passaram um final de semana agradabilíssimo. Fizeram churrasco à beira do lago, conheceram a vizinhança, trocaram bons momentos e histórias relembradas da infância das meninas. Se não fosse a pressão de sua mãe por conta do peso que havia ganhado, seriam os dias mais que perfeitos que ela desejara há muito tempo. E mesmo com muitas críticas sobre o seu corpo, Irene tentou manter a calma e se colocar feliz que as duas foram para outro país por causa dela, demonstrava uma preocupação que ela jamais julgara que poderia existir. Camila pode contar o quanto estava animada com a faculdade e que já tinha se decidido por ortopedia. Caio estava também estudando e parecia seguir o caminho da endocrinologia. Tudo estava parecendo ir muito bem no Rio de Janeiro e essa conexão entre elas a deixou mais forte para continuar o que precisava fazer em terras estrangeiras. Com o fim desse passeio, ela sentiu estar pronta para encarar os desafios da vida mais de perto. Ao voltar para casa, sozinha, decidiu que vai se comprometer mais com exercícios físicos, comprou uma fita cassete que ensinava a praticar em casa e perder peso rapidamente, iniciou a ingestão de remédios para emagrecimento rápido por conta própria, já que problemas com receitas não eram uma questão para ela. Comprou, em loja de departamento um novo tênis e roupas para correr. Gradualmente percebeu que correr era uma espécie de terapia, que, além de colocar para fora o seu peso físico, o peso emocional também era expulso. Irene começou a emagrecer muito, porém a sua compulsão alimentar não a permitia chegar no peso desejado, exatamente 20 quilos a menos. Incomodadíssima com tudo o que estava acontecendo, lembrou-se de como era aliviante se cortar na adolescência e queria voltar a sentir isso. No entanto, sem se permitir ao corte, inicia uma jornada de provocar vômitos todas as vezes que comia e esse ritual começou a aparecer com mais frequência ao ponto de não ter mais o controle sobre ele. Irene passou a correr o dobro que conseguia, chegava em casa e pedia a comida mais gordurosa que tinha, comia com muito prazer e, minutos depois, ia para o banheiro vomitar tudo, arrependida, ela entendia que se tratava de bulimia, mas nada fez para mudar isso. No começo era a chance perfeita de comer tudo aquilo que queria, mesmo sem fome, e se manter magra do jeito que a mãe dela queria que fosse.

Uma curiosidade sobre a sua casa era a importância que dava para o perfeito equilíbrio dos objetos e itens de decoração. Não havia sequer um quadro de um lado da parede que não estivesse completamente alinhado com outro quadro no lado oposto. Vasos, prateleiras, mesas, copos, pratos... Tudo precisava ser sóbrio, equilibrado e chamar pouca atenção. Era assim também com o seu estilo, não usava nada além do preto básico e do branco quando estava exercendo o seu ofício. Não era mais aquela menina de jeans, *spikes* e camisas de bandas que abandonara muito antes de se casar. Terminando a sua faculdade com louvor e iniciando a sua vida de residente, Irene chegou aos Estados Unidos pesando 30 quilos a menos antes de engordar tudo de novo, decepcionando-se com as emoções fortes de sua vida. Não entendia os motivos para aquilo ter acontecido, já que passava muitos plantões sem comer, às vezes 24 horas apenas com seus pacientes e nada mais. Quando chegava em casa, poderia passar quase um dia todo sem uma refeição, o que era substituído facilmente por *fast-food*. Adorava estudar saboreando diversas barras de chocolate e passava suas folgas vendo filmes e ligando para pizzarias, mas pensava ser inofensivo. E se qualquer coisa alterasse esse seu plano de descanso ideal, descontava em mais pedidos e, sem perceber, a compulsão alimentar estava instalada e se tornado a sua principal vilã.

Marcado pelo culto ao corpo e necessidade de saúde por aparência, os anos 1990 revelou muitas formas de emagrecimento a qualquer custo. Academias espalhadas por todo o mundo, profissionais se especializando em perda de gordura, remédios para emagrecimento sendo produzidos, preocupação das autoridades com a obesidade que estava matando grande parte da população, nascia assim as fitas K7 com grandes celebridades ensinando como emagrecer em casa com saúde. Vídeos esses comprados por Irene que se tornou uma grande adepta dos exercícios, gostava de usar aqueles *collants*, calças e meias características da época e lançava moda na rua onde morava. Caminhava pelas praças da cidade e iniciou uma jornada de emagrecimento, mais uma imposição da sua mãe que não suportava ver a filha em sobrepeso, mesmo morando em países diferentes, ligava diariamente para sondar sobre a sua rotina de exercícios e dietas. Prontamente e obediente, Irene não deixava um dia sequer passar e, caso isso acontecesse por uma questão ou outra com um paciente, culpava-se terrivelmente, expondo-se a limites como comer e vomitar minutos depois. Como resultado dessa ação impensada, desenvolveu bulimia e não sabia que isso poderia afetá-la de uma forma tão contundente como afetou. Já não mais conseguindo dar conta da sua vida por completo, com tantos planos e agendas cheias, vivenciando uma separação dolorosa.

Conforme o tempo passava, mais distante aquele momento em Castkills ficava guardado em seu passado, Irene voltou a se sentir sozinha e em um lugar nada familiar. Quando não estava no hospital, passava o seu tempo correndo. Nos finais de semana, gostava de mudar um pouco e saía para caminhar nos parques da cidade e visitar museus ou galerias de arte. Se havia uma coisa nos Estados Unidos que poderia fazer sem quem ninguém a perturbasse era entrar em contato, mesmo que indireto, com o mundo da arte. Quando conseguia acordar mais tarde, em dias de folga e sem plantões para cobrir, preparava uma ducha quente e zapeava na televisão, alguns canais sobre o Egito e a Grécia, uma paixão adormecida. Em um desses dias de ociosidade, acabou caindo no sono em seu sofá e sua mente a levou para lugares distantes, tão longe que ela não sabia precisar a época. Havia uma câmara secreta no alto de uma colina e precisava correr bastante para chegar até lá. Suando e descalça, Irene percorreu todo o caminho sem pestanejar, assim como na vida real, em seu sonho, era também uma corredora treinada e conseguia fazer um longo percurso em pouco tempo. Ela estava em uma corrida com diversos adversários e todos queriam a mesma coisa: uma barra de chocolate que fora guardada e acondicionada de maneira que não estragasse, pelo contrário, quanto mais antiga, ainda mais gostosa ficava. Feita de um leite especial fermentado e maltado, ela possuía as amêndoas mais saborosas da região das Filipinas, em que um único pedaço poderia deixar uma pessoa alucinada por horas a fio. O problema era retirar o chocolate do lugar, pois era pequeno, porém pesadíssimo. Ela desejava ter aquele chocolate em sua posse: ele era pesado porque era autossustentável, ou seja, mesmo que você comesse quase até o final, ele produzia mais pedaços sozinho, bastando a sua força de pensamento para criar quadradinhos saborosos. Apenas quem provava desse chocolate alucinógeno conseguia imaginar o mesmo sabor e produzi-lo com a força de seu pensamento. E o melhor de tudo? Ele não engordava, não pelas suas propriedades, mas pelo fato de a pessoa que mordia esse "fruto proibido" ganhar o poder de definir como será o seu corpo, independentemente de quantos pedaços comer por dia.

Todo aquele mito sobre o chocolate parecia ser a melhor coisa que Irene descobriu nos últimos tempos, foi por isso que correu para chegar em primeiro lugar e não correr o risco de não sobrar um pedaço sequer, o que a impediria de uma vez por todas de sentir aquela sensação de poder comer sem parar e ainda assim definir como o seu corpo ficaria, sem culpa e sem medo de engordar. Parecia surreal, mas ela queria ver para crer. Morder para sentir-se viva. Ao chegar no alto da colina, percebeu que a porta da instalação onde o chocolate ficava guardado já estava aberta. Ao entrar, viu que todos os presentes já estavam saboreando um pedaço daquele doce especial e que só tinha mais um único pedaço sobrando. Esforçou-se mais um pouco para conseguir pegar o que ela mais desejava... Contudo, quando estava chegando lá, acordou do sonho e ficou chateadíssima por não ter conseguido saber se ela teria sucesso na sua jornada. Esse sonho se repetiu por semanas a fio, ela tentou de todas as formas possíveis chegar antes das pessoas que povoavam o seu sonho, no entanto, sem sucesso, sempre acordava na hora mais esperada. O resultado disso foi uma insônia, de aproximadamente 5 meses, que só passou depois que iniciou um tratamento com remédios que ela mesma receitava a si, sem consultar um especialista adequado.

Depois de muito custo e dificuldades em dormir, até mesmo com os remédios, Irene decidiu se consultar com um médico na região que estava prometendo resolver as questões com insônia de forma simples e rápida. Ela, meio que desacreditada, marcou uma consulta e foi ver o que ele tinha a dizer. Um psiquiatra, que cuidava dos distúrbios do sono, bonito, com quem ela se identificou na mesma hora. A consulta acabou e os dois ficaram conversando por telefone por alguns dias, até que ele resolveu convidá-la para um encontro. Assustada e sem saber exatamente o que dizer, aceitou mesmo achando ser uma péssima ideia. Pelo menos uma coisa ela não poderia reclamar, pois ele foi competente com a insônia dela e resolveu a questão com outros medicamentos combinados. Assim como Donald, o psiquiatra, outros homens tentaram se aproximar de Irene. Teve o Matthew, engenheiro. O Ferdinand, advogado. Teve até um professor de História da Arte, o William, quem foi mais longe com ela e até namoraram por alguns meses. Contudo, Irene estava fechada para um novo romance, machucada com as condições do seu primeiro e único, que a deixou de coração partido. Ninguém mais conseguira fazer com que ela se apaixonasse sem se questionar sobre o seu futuro e sobre a honestidade dos homens.

Cansada de procurar a felicidade nos homens, Irene começou a participar de umas ações sociais na região e consultar mulheres que viviam em condições vulneráveis, nas ruas, principalmente no inverno impiedoso dos Estados Unidos. Ela se envolveu tanto, que passou a coordenar um centro comunitário que ajudava não somente com consultas, mas encaminhava algumas pessoas para ações multidisciplinares com psicólogos, além de arrecadação de doações de comidas e roupas. Em pouco tempo, estava tão envolvida com esse trabalho que não se permitia mais pensar em outras coisas da vida, como relacionamentos ou mesmo o que gostava de fazer longe da presença dos pais, que era pintar.

Segurou firme tudo o que aconteceu, sempre em contato com seus familiares no Brasil da forma que era possível. Não contava muito sobre a sua vida, principalmente sobre as ações sociais que fazia, pois sabia que falariam ser uma perda de tempo. E sempre mentia sobre os namorados, dizendo estar com o William, aquele namorado que cansou de esperar por ela e acabou se envolvendo e casando com outra mulher. Nunca ia comemorar o Natal ou o Ano Novo no Brasil e procurava se ocupar dos mais necessitados nessa época do ano e assim seguiu a sua vida, com altos e baixos, procurando melhorar a sua alimentação, exercitando-se e mantendo o seu peso magro, pois tinha planos de voltar ao seu País um dia, afinal de contas, depois que a sua residência acabasse, teria que assumir o comando do Santo Agostinho. Ela até desejou que Ícaro fosse igual ao seu avô, nesse sentido, e escolhesse Caio para assumir tudo de uma vez em seu lugar, mas não foi assim com ela, até porque existia uma pressão da Valquíria para que as coisas fossem dadas a quem de direito fosse e Irene era a primeira na sucessão da riqueza dos pais...

De volta ao lar:

Dez anos depois, Irene voltou para a casa de seus pais completamente diferente, com tinta loira no cabelo, mais magra do que era antes de morar fora, aparentava ser uma mulher culta, interessada por Medicina e totalmente capaz de lidar com as questões importantes do hospital. Não demorou muito para ela passar em um concurso público no Rio de Janeiro e conciliar a sua vida em dois hospitais. Especializada em grandes cirurgias, sentia-se à vontade mesmo atrás dos prontuários e ocupada demais procurando as causas das doenças nas pessoas. Não saía com as amigas, nem mesmo procurou o paradeiro de Sosô, apenas se deu por satisfeita ao saber que ela estava morando em Petrópolis com o seu marido e seis filhos. Quis saber sobre o pai dela, aquele senhor de bom gosto para pinturas, no entanto, havia morrido cinco anos antes da sua chegada. Infartou na mesa de jantar, a mesma que passava horas estudando com sua melhor amiga da época e filando os cafés da manhã que pareciam ser mais gostosos daqueles que a sua mãe fazia em casa. Não costumava se divertir nem ligar para os irmãos, ambos já fora da casa dos pais, morando próximo. Camila com dois filhos e Caio com três lindas meninas. Ambos médicos formados pela UFRJ. Como sempre em tom de crítica, Valquíria queria mais netos e não se poupava nas cobranças, que se intensificavam a cada dia mais que Irene passasse morando em sua casa, o que levou Irene a dar um basta nisso. Ela tinha decidido passar uma temporada na casa dos pais, muito pela saudade e também porque queria avaliar como as coisas estavam, depois que eles ficaram mais velhos. Ao perceber que nem tudo muda com o tempo, foi então que ela tomou coragem para se mudar mais uma vez, comprou uma cobertura em Ipanema e foi morar de novo em frente à praia. Nunca esqueceu daquela casa que ganhara de seus pais em Copacabana que não chegou a ser usada por ela, hoje em dia estava alugada. Ela gostava mesmo daquele lugar, mas quando menos percebeu já estava nos Estados Unidos, decorando outro lar. Tinha a sensação de que a sua vida passou rápido demais e que não teve as rédeas de praticamente nada. Somente era importante todas aquelas especializações e tudo o que ela fez foi correr atrás disso, para agradar seus pais. Sentia mesmo que era uma obrigação depois de tudo o que eles fizeram por ela, foi graças a ideia deles que ela descobriu as sessões de análise com o Miguel, que ela achava que a tinha curado, e ainda pensava estar totalmente bem com essas questões que a incomodavam antes, mas que aparentemente não estava mais sendo um problema para ela. Ela fez Medicina, afinal de contas, estava ganhando muito dinheiro, tinha um problema ou outro com a comida – que imaginava estar sob controle –, tinha um medo irracional de voltar a engordar como antes, às vezes se via na necessidade de expurgar do seu corpo algo que comesse e julgar que poderia a fazer engordar. A vida não era muito fácil nesse departamento, mas poderiam ter acontecido coisas piores. Ela tinha até se livrado de um marido que a traía e fazia questão de falar mal do seu corpo. Para ela, a vida poderia estar entrando em eixo de novo com essa nova cobertura em Ipanema. Poderia dar algumas festas para os médicos da cidade, demonstrar diplomacia e política do jeito que seu pai gostava, era assim que ela se tornaria diretora do hospital em breve. Mesmo a contragosto de sua mãe, Ícaro via essa demonstração de poder com bons olhos e também não queria mais nenhum filho na sua casa, estava precisando de paz para descansar, de tempo para ver seus programas preferidos e queria ser visitado pelos netos somente nos finais de semana. Nada diferente do que uma família nuclear burguesa poderia desejar.

Irene intercalava seus plantões no hospital da família com os do hospital Souza Aguiar, querida por todos, principalmente por aqueles que gostariam de mais uma fonte de renda, trabalhando como médico em um dos hospitais da rede de sua família, ela era, no geral, uma pessoa simpática e educada com todos. Não tinha dificuldades para fazer amigos, embora não era algo que ela gostava de fazer. Irene era uma pessoa do bem, não colocava o dinheiro em primeiro plano, poucas pessoas naquele lugar sabiam que ela morou fora do país por muitos anos e fez diversas especialidades nos Estados Unidos. Ela vivia uma vida discreta, por assim dizer. Por acaso, em mais um dia de plantão no Hospital Souza Aguiar, ela precisou atender de emergência um senhor que caiu da escada e fraturado o braço em três partes. Para sua surpresa, seu antigo analista, Miguel, era o paciente. Sentindo bastante dor naquele momento, uma conversa era inviável, mas os olhares entreconheceram-se e, surpreso por tudo aquilo que estava vendo, foi inevitável para o Miguel dizer: *Então, para a felicidade da família, O Destino de Irene foi cumprido!*

Miguel! Não posso dizer ser um prazer te rever nessas condições, é que precisaremos operar. Será necessário colocar uma placa de metal próximo ao seu cotovelo. Gostaria de ligar para algum familiar?, disfarçando o incômodo apesar da seriedade das condições de seu paciente.

Diga para minha filha onde estou e o motivo, o número é esse, passa um cartão para Irene, que não deixa de espiar o número e o nome da mulher, que seria a filha de seu analista. Alguns *flashes* começaram a passar em sua cabeça, precisou de um tempo no banheiro para se recuperar enquanto as enfermeiras preparavam Miguel para subir ao centro cirúrgico. Ao sair do banheiro, cruzando o corredor que dava para a sala principal de atendimento ao público, esbarrou com uma mulher, mais jovem, que parecia ter 25 anos, no máximo, cabelos longos, ruiva, de batom vermelho, cordões e brincos dourados que chamavam muita a atenção e um perfume que poderia ser notado onde quer que ela passasse, vestido florido, sua vitalidade e jovialidade era visível. Tratava-se da filha de Miguel, uma jovem dona da principal galeria de arte da cidade, chamada Studio 77. Aguardando aflita na fila de espera para ser atendida, Irene escutou ela perguntando pelo seu pai, enquanto fazia algumas anotações no prontuário dele. Geralmente, Irene não daria muita atenção, não falaria ser a médica responsável por um paciente e sequer se apresentaria ali no *hall* de entrada do hospital. Mas, de repente, sentiu uma ternura invadindo o seu peito, como se tivesse visto alguém que ela gostaria de ter se tornado, se não fosse o seu destino de ser médica, um misto de inveja e surpresa por descobrir que Miguel tinha uma filha! Irene se viu indo apertar as mãos daquela mulher: *Olá, Talita. Sou a médica que vai cuidar do seu pai. Fique tranquila que ele estará bom de novo em poucas horas, ele estará sob os meus cuidados, estará em boas mãos. Enquanto isso pode tomar o seu café na cantina. Daremos mais informações assim que a intervenção terminar*, comunicou educadamente, mas também de forma pomposa para ficar claro sobre a sua competência. E assim a moça seguiu até ao local indicado, agora mais calma e agradecida pela atenção daquela médica que foi bastante solícita, à primeira vista.

Durante sua caminhada até o elevador que a levaria para o encontro com seu analista, Irene concluiu que não pensava que Miguel teria filhos na vida, que provavelmente Talita era uma bebê quando ela estava lá na casa deles, atendida e dissecando todos os seus problemas antigos com a Medicina e com os seus pais. Ao passo que se colocou entristecida por lembrar daqueles momentos ruins de brigas, lembrou de esquecer tudo isso rapidamente e colocou um sorriso no rosto, aprontando-se para mais um dia de trabalho. E que trabalho magnífico era o dela, de consertar pessoas, salvar vidas e manter vivo em sua mente o que importava realmente para ela e a sua família. Pronta para seu momento de glória, ao ver Miguel com o corpo mais envelhecido, sobre uma mesa de operação, um pouco fora do ar por conta da anestesia, pensou que a vida era mesmo um sopro. Aquele homem, outrora, cheio de vigor, aparecendo com camisas de banda e jeans surrado na sua frente para mais um dia de sessão de análise, agora estava ali, parado, esperando por ela. Foi quando percebeu ser ela agora quem estava cuidando dele e ele que era o seu paciente. Nesse momento, segundos antes de usar o bisturi no braço direito de Miguel, disparou Irene: *Agora eu que tenho o controle sobre você!* Então, Miguel sorriu para Irene e lançou um olhar enigmático como quem pensava que ela teria precisado de mais alguns anos de sessão.

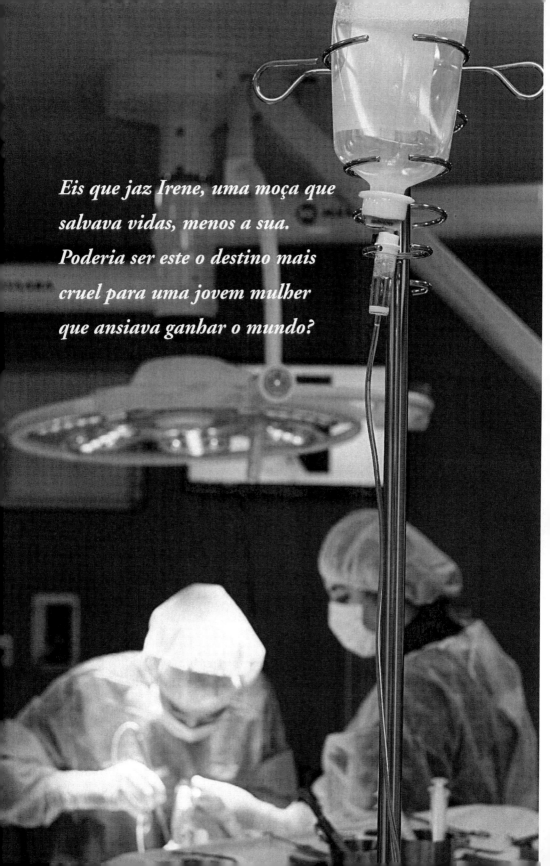

Eis que jaz Irene, uma moça que salvava vidas, menos a sua. Poderia ser este o destino mais cruel para uma jovem mulher que ansiava ganhar o mundo?

CAPÍTULO IV

Uma Rosa do Deserto das Emoções

Passava um pouco das 6h30 da manhã, quando Irene levantou para fazer o seu café matinal e sair para correr um pouco. Em sua dieta rigorosa, para se manter magra, colocava 3 uvas, 1 torrada integral, um café sem açúcar e tâmaras. Poderia substituir tudo por uma vitamina de abacate, se não estivesse disposta a ficar muito tempo na cozinha, passando o café. Às vezes, gostava se fazer o próprio pão, mas, como sempre faltava tempo e disposição, era mais fácil vê-la na padaria mais próxima, comprando tudo o que precisava para a refeição mais importante do dia, pelo menos é o que os nutricionistas, que ela já visitou, diziam. Após o café e uma olhadinha nas redes sociais, como de costume, Irene calçou seu tênis e resolveu correr pela orla de Ipanema. Como quem achava que passaria o dia inteiro sofrendo com o calor do Rio de Janeiro, preparou seu *kit* de sobrevivência: com uma garrafa d'água, protetor solar e boné. O dia estava atraente para quem gosta de atividades matutinas, o céu estava superazul, quase sem nuvens, nada poderia indicar que uma chuva torrencial chegaria a qualquer momento. Na vida, as coisas são assim, um dia estamos bem, outro, uma nuvem cinzenta parece que paira sobre nossas cabeças e tudo começa a desandar rapidamente. Afogada em solidão, depois de longas horas de trabalho e logo após a alta de Miguel, achou mesmo que o sol iria distrair um pouco a sua cabeça naquela folga. Pensou por um minuto em visitar seus pais, mas lembrou tão rápido quanto que não queria sofrer com mais nenhuma crítica de Valquíria e, então, resolveu ficar sozinha mesmo, testando se era possível encontrar a tal boa companhia em si.

Ao tocar a areia com as mãos, percebeu que a maré estava especialmente inquieta. Sentia-se só, como uma dessas ondas que batiam na arrebentação, como um mergulho que, sereno, podia tocar o fundo da alma. Ela queria ser o que não era, sentir o que não podia viver em busca de uma Irene que talvez só tenha existido nos sonhos de Ícaro e que deveria ser completamente diferente dos desejos da sua mãe. De repente, ela escutou alguns passos se aproximando dela e, ao se curvar para sacudir as areias de suas mãos, eis que ela encontrou Talita, filha de Miguel, passeando na praia, como quem não tivesse mais nada para fazer no dia, além de manter a sua beleza e a jovialidade. Não era um sentimento muito comum esse da inveja, mas Irene sabia exatamente onde machucava. A beleza e o ar de que sabia de tudo, que não permitia que ninguém dissesse a ela o que fazer da sua própria vida, deixava a filha de seu analista em um patamar extremamente elevado para quem era significativamente mais jovem. Não entendia muito bem os motivos pelos quais a raiva se apossou dela, mas era isso que estava sentindo no momento. Parecia que essa menina-mulher deslizava facilmente em suas agonias e incertezas, que nada poderia quebrá-la, nem mesmo a vida. Parecia mais uma estátua dessas de mármore, deusa grega, a quem poderia pedir um conselho e se ouvir um ensinamento. E cada vez que ela se aproximava, menos queria que esse encontro acontecesse. No entanto, por mais incrível que possa parecer, Talita chegou bem próximo de Irene e a abraçou como se fossem irmãs de outra vida. Ela agradeceu pelas condições de seu pai, por tê-la tratado tão bem que nenhum soneto de traços exatos poderia ser tão sublime que este encontro na praia:

Sinto-me muito feliz em te ver. Fui umas três vezes no hospital tentar te agradecer pelo carinho com meu pai, mas não te achei. Pedi o seu endereço para a pessoa lá, uma atendente, mas ela não pode me dar. Era um protocolo do hospital. Imagina, eles me disseram ser uma questão de segurança... O que eu poderia fazer com a salvadora de meu pai?

Ainda um pouco atordoada pelo que escutara, Irene mais parecia uma estatueta de madeira molhada pela chuva antes mesmo que chegasse.

Não é necessário agradecer, foi incrível o quanto que ele se recuperou tão rápido. Miguel é forte como um touro, respondeu a médica, ainda meio sem graça.

Oh meu deus, Irene. Preciso te fazer um convite. Perdão pela falha minha, vou lançar uma nova exposição de arte na minha galeria. Seria mesmo um prazer que você fosse. Leve o seu namorado, você tem um?, convidou e perguntou Talita, em simultâneo.

Não tenho um, mas meu irmão pode gostar de ver. Eu não sei se consigo, pelos meus plantões, mas mandarei alguém da família prestigiar, sarcasticamente respondeu Irene supondo que Talita poderia entender a questão toda com a arte na família.

Seu irmão será muito bem-vindo, no entanto, faço questão que você esteja presente. Meu pai disse que você tem um ótimo gosto para artes.

Ah ele disse? Vou tentar. Manda-me as datas que eu verei o que é possível. Tome, pegue meu telefone.

Quando Irene passa o cartão para Talita, a chuva começa a cair. Dali foi só o tempo delas se despedirem e tentarem correr para se proteger. Só que Irene tinha outros planos e resolveu correr assim mesmo. Enquanto a água molhava toda a sua roupa, seu tênis encharcava e seu cabelo perdia todas as ondas características do seu ondulado natural. Mesmo que loira, ainda mantinha as curvas do cabelo, pois gostava bastante da forma como ele se comportava bem rebelde. Pensava que pelo menos algo rebelde em seu corpo se manteve firme com os intempéricos da vida. A chuva, cada vez mais forte, não permitia que as pessoas vissem que ela estava chorando e correndo ao mesmo tempo. Um filme passava na sua cabeça, um misto de horror de tudo isso e mágoa de todo mundo passava por cada terminação nervosa de sua mente. Chegou a considerar se jogar no mar e nunca mais voltar, só que não tinha coragem para isso, talvez a sua falta de coragem tenha cobrado um preço caro por todos esses anos que passaram. Continuou a correr até o posto 8 e quase chegando na praia do Arpoador, parou para ver o mar encontrando os pingos que caíam vertiginosamente do céu. Não se importava mais com nada, se dali fosse pegar uma gripe, tudo bem. Sentou-se em um banco de cimento e começou a tramar um plano que poderia dar certo, se tudo fosse minuciosamente controlado e planejado. Não entendia por que o Miguel disse à Talita que ela gostava de artes, pareceu uma piada bem sem graça, dada a realidade de que não pode fazer aquilo que mais gostava quando tinha a oportunidade de escolher, mais jovem. Ser pintora era um desejo que partia da alma, sem muita explicação. Apenas gostava e por gostar muito queria ter cursado Belas Artes, mas não foi assim que seu destino aconteceu. Irene se achava velha demais para mudar alguma coisa, além disso, muito presa ainda às vontades dos pais com o hospital e, de certa forma, bastante confortável com o dinheiro que ganhava sendo uma médica cirurgiã no Rio de Janeiro. Com todos aqueles relâmpagos na sua cabeça, resolveu que ia descobrir um pouco mais da vida daquele que um dia foi seu psicanalista e achou que poderia ser bom ir a essa galeria, participar desse evento, pois, com certeza, aquele pai zeloso e orgulhoso não deixaria esse momento da filha passar sem que fizesse parte. Por um segundo pensou que poderia ter deixado ele morrer na mesa de operação, só de raiva por isso tudo. Mas, Irene era uma mulher boazinha demais para que isso não passasse apenas de pensamentos. E foi assim o seu plano de perseguir seu analista e a sua filha.

O Studio 77 ficava no Largo do Machado. Uma galeria de arte tradicional, há anos naquele endereço. Irene não entendia como que uma garota poderia estar à frente desse negócio. No entanto, empenhada a descobrir os mínimos detalhes daquela que se mostrou uma pessoa amiga (e perfeita demais aos seus olhos), tomou aquele banho demorado em sua banheira de carrara, sais de banho, vinho rosé, uma música relaxante para marcar aquilo que estava prestes a acontecer. Irene entraria de novo em uma galeria de arte, anos após ter prometido a si mesma que não teria mais contato com esse mundo. Separou um de seus terninhos preferido, comprado em Londres, durante uma viagem com seu ex-marido, Danilo. Perfumou-se, maquiou-se e fez um pequeno lanche antes de sair de casa. Um coque no cabelo, meio que solto, para demonstrar estar irremediavelmente vestida de qualquer forma, que teria usado a primeira coisa que viu em seu *closet* e que não deu muita atenção para o que estava vestindo. Era uma forma de mostrar que não se importava, um jeito sutil de dizer que se lembrou da festa em último momento, mas que não poderia deixar de prestigiar pelo respeito à família.

Religiosamente às 20h, Irene chegou à festa, sozinha. Logo de supetão, encontrou com Miguel, que ao vê-la ficou encantado pela coragem de visitar uma galeria de arte. Vai ao encontro de Irene, levando duas taças de vinho tinto com o intuito de poderem conversar um pouco mais.

Que prazer te ver aqui Irene. Obrigado por tudo o que fez comigo. Seu paciente estava em boas mãos durante a operação. Estou novo em folha para cair e levantar, alfinetou Miguel em tom de ironia.

Muitos anos se passaram e você continua um analista debochado! É um prazer te ver também. Encontrei Talita na praia um dia desses e ela me fez o convite. Achei que seria bom me aproximar, riu.

Irene! Que bom que já chegou. Tenho uma surpresa para você!, Talita disse em voz alta no meio do salão.

Venha, preciso te mostrar o que preparei para você. Veja, eu fiz um retrato seu em óleo sobre tela. Espero que tenha gostado, pois você foi uma médica excepcional com o meu pai, Irene. Obrigada por tudo.

E no meio de alguns aplausos, Irene se surpreendeu que, além de tudo aquilo que Talita já era, uma artista delicada e talentosa, parecia ter também outras características. Uma moldura enorme colada em uma parede, em exposição, da Irene médica, operando, uma luz intensa do alto do quadro sobre a cabeça dela, suas mãos reluzentes, quase que uma pintura renascentista com a Irene posando de anjo. Uma beleza para qualquer colecionador. Mas, a pintura já tinha dono, ou melhor, dizer, dona. Irene foi presenteada naquela noite com uma tela, uma pintura que eternizava o que ela havia se tornado aos olhos de todo o mundo: uma médica, uma salvadora de vidas, tal como gostariam seus pais. Algumas lágrimas corriam pela bochecha dela e Talita julgou que fossem mesmo de emoção. Feliz por estarem cultivando uma amizade, ela a abraçou novamente e disse ao pé do seu ouvido: *Você é uma pessoa especial.*

Após precisar fingir, menos para Miguel, sobre ter adorado a peça, ela conseguiu um tempo no banheiro para retocar a maquiagem. Irene se olhou no espelho e pensou em tudo o que estava planejado para aquela noite e nada poderia dar errado. Arrumou-se, tomou um gole de água e apareceu no salão novamente como se nada tivesse acontecido. Toma mais algumas taças de vinho, degusta os canapés de entrada, as comidinhas estavam ótimas, por sinal. Sem perceber, estava comendo tudo aquilo que fugia da sua dieta e começou a se questionar se aquilo tudo seria o suficiente para fazê-la engordar. Reparou no vestido de Talita, com paetês cor-de-rosa, provavelmente tamanho 34. O que mais poderia querer aquela mulher? O pai perfeito que a entende, a profissão que quis escolher, o corpo maravilhoso, os homens todos a desejando na festa e o pior de tudo: uma vida inteira pela frente.

Diga-me querida amiga, depois daquela ligação cancelando suas sessões achou outro psicanalista ou não mais entrou em contato com suas questões?, aproximou-se Miguel, sem que ela percebesse.

Não encontrei motivos para mais sessões, todos estavam finalmente felizes, respondeu.

E você, Irene?

Sou como o vento da manhã, a folha de uma árvore no outono. Aconteço conforme o que Deus quiser. No meu caso, o que Ícaro quiser. E vai ser assim até ele morrer. Não vejo outro destino para mim, a não ser quando esse dia chegar, meu caro.

Continuo atendendo no mesmo lugar, querida Irene. Vá ao meu encontro, disse Miguel.

Surpresa com todo aquele desfecho da noite e irritada com o seu plano falido por não ter conseguido muitas informações sobre a vida deles, Irene decidiu ser hora de ir embora. Pediu para um dos funcionários recolher a obra de arte, após o evento, e entregar em seu endereço. Escreveu um cartão caloroso à anfitriã e saiu à francesa. Irene não quis tomar um táxi, preferiu ir caminhando em direção ao Catete, gostaria de ver se um bar que costumava frequentar ainda existia, tentou lembrar do nome, mas a verdade é que suas lembranças deixaram algumas falhas, o que conseguia se recordar é que o bar era todo pintado de marrom, com muitas cadeiras na calçada e tinha um *jazz* excelente, a qualquer hora da noite. Conforme andava, aquele instrumental se fazia mais presente, era So What, de Miles Daves. Como em um passe de mágica, refez algumas idas a esse lugar, quando era mais jovem. Lembrou que seu pai uma vez a levou para ouvir *jazz* e comer pastel de carne, um hábito bastante carioca, aliás. Era um sábado à tarde e Valquíria estava de plantão, Camila e Caio estavam na casa de amigos da escola, pois teria uma festa de confraternização, o que a deixava sozinha com seu pai, que gastava todo o seu espírito aventureiro na Vela, os demais *hobbies* tinham a ver com comida, quase sempre. Dessa vez, eles foram comer pastéis e ouvir *jazz* e, desde então, esse barzinho virou uma coisa de família. Nos áureos momentos, os dois iam para lá comer e ouvir uma boa música. Depois que ficou noiva de Danilo, costumava levar a família dele lá também, que fingiam gostar, mas talvez fossem muitos ricos e metidos o suficiente para estarem no Catete comendo em um bar de esquina. Na faculdade, lembra-se poucas vezes de ter frequentado, tinha um garçom, cujo nome era um apelido, apenas isso que se lembrava, ao menos: Zézimo, como os amigos o chamavam. Ela ficou mesmo interessada e saber se ele ainda estava por lá e, para sua surpresa, havia sofrido um infarto no ano anterior, não resistiu. Coitado de Zézimo, passou mal comendo a sua própria comida, com caldo de cana, sua especialidade.

Conforme as horas iam passando, Irene lembrava do que tinha falado com Miguel sobre o seu pai durante a festa na galeria. Será mesmo que ela só poderia ser livre quando ele fosse embora deste mundo? E o que pensar sobre a sua mãe? E se ele fora antes deles, o que seria dela? Uma vida mal vivida, uma morte sem muitas coisas para se falar no velório. Pensara: "Eis que jaz Irene, uma moça que salvava vidas, menos a sua" e quase em um transe, sem saber se era o vinho ou se eram suas recordações mais tristes, ela resolveu pedir uma mesa e sentou-se. Pediu um pastel de carne e um caldo de cana, devolveu o cardápio para o senhor que a atendeu e começou a prestar atenção no *jazz*. O caso é que Irene não se deu por vencida, do que tem de passiva, tem de teimosa também, e ela enfiou na cabeça que ia ser amiga de Talita para extrair o máximo que pudesse sobre a vida deles, não era possível uma família tão perfeita assim. Não se lembrou muito bem que horas voltou para casa, a única coisa que sabe é que um taxista a deixou na calçada e em poucos minutos já estava jogada na sua cama.

No dia seguinte, o relógio, programado para o plantão, tocou e nada de ela levantar. No último momento, ela despertou bem nervosa achando que tinha perdido o tempo de se arrumar e ir para o hospital, no entanto, ainda faltavam duas horas e daria tempo o suficiente para tomar um banho, um café e partir para o Lourenço Jorge. Ela sentiu dores na cabeça e esqueceu-se como era estar de ressaca. Há muito tempo ela não bebia mais, além de ser calórico, era um tanto quanto indesejáveis as lembranças dos porres na faculdade. Irene era um espírito que desejava ser livre, mas não conseguia soltar as amarras que a família colocara em seus pulsos, além disso, os traumas vividos com Danilo eram ainda muito vívidos, apesar do tempo passado. Para ela, o passado e o presente pareciam a mesma coisa, a sua vida não tinha uma transição nem mudanças, a não ser as negativas, as quais ela fazia questão de contar uma por uma e se punir por todas elas. As marcas nas pernas ainda estavam lá, a vontade interminável de vomitar a cada guloseima que comia, escondida de si mesa, permanecia. A única coisa que diminuía esse ímpeto era comer extremamente pouco e com pouquíssimo açúcar e gorduras. Nada que era prazeroso na vida poderia ser um prazer para ela, afinal de contas, o princípio da sua autopunição começava a partir disso.

Desde que se tornou magra, abaixo de seu peso, pois se tratava de uma medida de segurança, caso viesse a engordar um pouco, ainda assim estaria com o seu peso ideal mantido, Irene não conseguia ter um dia sequer de paz. Nada de doces, ela mesma cortava tudo o que poderia pensar sobre sorvetes e chocolates e, nos dias que essa vontade eram mais presentes do que nunca, procurava correr e praticar exercícios extenuantes para esquecer que seu corpo estava pedindo um momento de alegria. Não que comer compulsivamente fosse bom, mas o destino que ela deu para essa questão foi cortar o mal pela raiz e assim foi feito. Se suspeitava que poderia ter compulsão por comida e que estava comendo por ansiedade, em vez de tratar a ansiedade, ela tratava de se punir e não comia. E se a suspeita fosse bulimia, comia o tanto que fosse importante para o seu corpo não entrar em colapso e, se não conseguisse fazer isso, vomitava aquilo que foi o motivo de ter saído do controle. Ela comia suas emoções e as expelia tão rapidamente quanto as permitia sentir. Seu corpo era um templo de punição, de martírio, como se ela não tivesse conseguido impor suas vontades à família e agora estava mostrando para si o quanto poderia se fazer mal. Como médica, cuidava de todo mundo e sempre com muita responsabilidade, mas, quando o assunto era ela, suas decisões não tinham nenhuma responsabilidade. No momento que começou a perceber que algo muito enraizado estava na sua frente, há alguns anos, ela decidiu sair de cena na análise, foi por isso que ela preferiu uma ligação rápida do que ir até o consultório de Miguel. Hoje ela se dá conta disso, ela percebeu que, se fosse até lá, seria pega pela curiosidade de ouvir as palavras do seu analista e, o pior, de se ouvir de volta. Para não correr esse risco e fazer o que estava pronta, seu sacrifício foi realizado com sucesso, fez a sua faculdade de Medicina, casou-se com um amigo da família, também médico e, como se não bastasse, mesmo tudo desmoronando, deu ouvido para a sua mãe falando do quanto havia engordado e partiu em busca do corpo perfeito, pois em algo tinha que dar orgulho para seus pais. A Medicina, no entanto, apesar de excelente profissional, sentia ser uma farsa de pessoa, não estava completamente ligada com seus pacientes nem queria estar de corpo e alma no hospital da família, apenas tinha uma fixação com as cirurgias, que a faziam feliz de alguma maneira estranha, sentia. Foi por isso que também fez um concurso público para trabalhar em um lugar onde pessoas estavam precisando de médicos para além do hospital dos pais, para sentir alguma coisa de real antes de precisar voltar para aquele teatro que era a sua vida na Zona Sul. Entre idas e vindas emocionais, trabalhar no Lourenço Jorge deu para ela algum sentido para continuar, pois as coisas não eram tão simples lá, não era estalar os dedos e tudo acontecia como quando assume o plantão no império hospitalar que seu pai criou. Sempre mantendo uma postura introvertida, porém muito atenciosa e educada, não entendia os motivos pelos quais alguns colegas de trabalho estavam sempre se esquivando dos pacientes, não tinham paciência para eles, embora tivesse sido isso que eles prometeram quando se formaram. Para ela, aquele caos era perfeito. O tempo certo para não conseguir pensar nos seus problemas e dedicar a vida no problema dos outros e quando chegava em casa estava suficientemente cansada para se questionar sobre o que seria de si. Muito embora esses pensamentos aparecessem nos dias de folga ou quando estava em um dia mais tranquilo no trabalho, ela tratava logo de achar um caso difícil para estudar. Não é à toa que Irene possuía diversos prêmios e livros na área da saúde, seu comportamento exemplar como pesquisadora a levou longe. Era convidada para palestras e eventos de Medicina, era uma pessoa tão competente que colocava até uma pontinha de inveja nos seus irmãos, que tinham outras coisas com o que se ocupar. Obsessivamente, Irene gostava mesmo era de trabalhar e de estudar. Somente assim para não ter que enfrentar os seus próprios demônios.

Em um plantão desses de madrugada, ela gostava de papear com o Sandro, enfermeiro que ficava sempre na sua equipe dos finais de semana. Ele era um homem alto, de 1,98, casado, dois filhos, uma vida normal para os padrões, por assim dizer. O que ela mais gostava de conversar com ele era sobre o quanto a sua vida era comum. Era adoravelmente simples, assim como ela pensou que poderia ser a sua, se tivesse tomado certas decisões muito antes de tudo estar como agora. Para ela, não dava para mudar mais, pois tudo o que já aconteceu não retrocederia. Não daria simplesmente para ela jogar o jaleco e o estetoscópio fora, nunca tinha visto antes um ex-médico na vida. Então teria que aceitar esse fardo até que outra vida lhe fosse oferecida, se isso fosse possível. Em sua cabeça não se passava a possibilidade de trocar de carreira, de apenas se aposentar da sua atual profissão e fazer aquilo que gostaria há muitos anos. E não pensava que não teria problemas financeiros com isso, apenas se ocupava em achar que, para o bem da família e da sua aparência com tudo e todos, continuar onde estava era o ideal a ser feito.

Em uma conversa dessas com o Sandro, ela deixou passar quase que sem querer sobre a sua vontade de ter se tornado pintora. Aquele homem era mesmo astuto e, como um bom ouvinte que era, passou a incentivar a amiga sobre o mundo das artes, trazia revistas e jornais sobre o tema e procurava dar para ela um pouco de brilho no olhar: ele sabia que ela ia recusar os agrados, mas que, quando ninguém estivesse olhando, pegaria tudo que ele deixara na mesa dos funcionários e levaria para casa e leria quando estivesse deitada na sua cama. Em pouco tempo, os dois se tornaram confidentes e ela sentia que poderia confiar em alguém novamente. Eles eram bons amigos, Irene foi convidada uma vez para participar do Natal em família, na casa de Sandro, no entanto, precisava seguir algumas agendas protocolares do hospital da família e sentiu mesmo que não pôde estar presente. Lembrou-se desse dia como se fosse hoje, a esposa dele a convidou para os eventos de final de ano e ela teria retribuído com um lindo buquê de flores do campo. Desde então, aquilo era o mais próximo de uma família comum que ela conheceu. Ela chegou a pensar em aceitar o convite, mas, por receio de ter o afeto sincero de alguém, achou melhor não se aproximar disso, por não se sentir merecedora.

Irene contou para Sandro sobre a festa na galeria de Talita e como foi o encontro com Miguel e também falou sobre o seu plano de se aproximar para extrair tudo o que poderia sobre eles. Para ela, existia algo muito mal explicado nessa história toda, pois não sabia do paradeiro da esposa de Miguel, afinal de contas, quem era a mãe de Talita?

Era bom que ela se ocupasse com algo do tipo, pensou Sandro. Pelo menos não seria uma vida apenas do trabalho para a casa. No entanto, ela estava se precipitando ao achar ter algo de errado com eles, pois pareciam ser apenas pessoas comuns como ele e sua família. Em uma noite de plantão, ele chegou a avisar para ela que isso era uma desculpa para ela se manter perto de seu ex-analista, pois não tinha coragem de retomar as sessões de psicanálise. No entanto, ela recusou friamente essa hipótese, colocando um fim na sua fala antes mesmo que ele pudesse terminar. No fundo, ela sabia que isso poderia ser verdade. Sentia querer deitar mais uma vez no divã de Miguel e poder falar o quanto sofria, que a sua vida não fazia sentido. Mas, por que ela faria isso nessa altura do campeonato? Estava velha, cansada demais e não queria recomeçar com nada e com ninguém. E assim, do seu jeito bem teimoso, começou a frequentar a casa de Talita e passaram a sair muito tempo juntas, sempre que estava de folga dos plantões de ambos os hospitais.

CAPÍTULO V

Não me Leve a Mal, me Leve à Praia

Era uma amizade curiosa a de Irene e Talita, já que a diferença de idades poderia, facilmente, confundir as duas como mãe e filha. Apesar das incontáveis cirurgias plásticas que ela fez enquanto estava morando nos Estados Unidos, um segredo que guardou de todos, a jovialidade da filha de Miguel era mesmo impactante, pois não se tratava de idade cronológica, por assim dizer, está valendo também a qualidade de vida, um tempo usado para o que se gosta, sem muitos estresses e muito menos relacionamentos tóxicos com ex-maridos. Se para a filha mais velha de Ícaro tudo era motivo para pessimismo, para a Talita, tudo tinha um lado bom, se você soubesse enxergar. Só essa visão diferente já era um bom motivo, mesmo que inconsciente, para Irene se interessar na companhia dela. Certo dia, as duas resolveram viajar para Angra dos Reis e aproveitar um pouco aquelas praias paradisíacas. Foram visitar a praia Lopes Mendes, bem ao lado de Ilha Grande, considerada uma das mais bonitas do País. Tentaram levar menos bagagem possível porque os barcos da Vila do Abraão levaram os visitantes somente até a Praia do Pouso e, depois, é preciso seguir uma trilha, a pé, de mais ou menos 1km até Lopes Mendes. Elas precisaram levar a mochila nas costas, pois ainda não tinham dado entrada no hostel que alugaram devido a uma confusão que Irene fez com os horários, o que já era bem imperdoável para ela ter se perdido com a hora, já que adorava se planejar com superantecedência, ficou pior por conta do peso que tiveram que carregar durante todo o passeio. Como uma praia remota e rústica que é, não existem condomínios e prédios gigantes atrapalhando a vista, o local é cercado de montanhas e grandes amendoeiras ao redor. É também proibido acampar por lá, pois a fiscalização ficava sempre de olho, por se tratar de uma reserva ambiental importante para a região. No entanto, Talita não se estressou com essa questão, como sempre, vendo o lado bom das coisas, disse-lhe que não teria problema, pois poderia testar um pouco mais como estava a sua resistência muscular com as bagagens pesadas. Ela gostava muito de se exercitar também, mas tinha passado uma semana fora da academia porque estava se recuperando de dias horrorosos com menstruação muito intensa. Nesses períodos, ela nem cogitava a ideia de se exercitar, preferia esperar o seu corpo estar em condições para continuar sua rotina.

Ao chegarem no destino, ficaram um bom tempo paradas somente apreciando a beleza daquele local. O mar de águas cristalinas estava quase pedindo um mergulho daqueles, o Sol de rachar a cuca também não estava ajudando. A região oceânica de Angra dos Reis tem muitos paraísos naturais e, para quem precisa recarregar as energias, o lugar era perfeito. A posição geográfica de Lopes Mendes faz com que o mar seja mais agitado e é por isso que os surfistas estão sempre por lá em busca de ondas dignas de serem surfadas. As duas moças, solteiras, animaram-se com a ideia de encontrar uma nova paixão de verão.

Não é possível que a gente não ache um surfista gato em quase 3km de extensão de areia branca fininha nesse mar azul e lindo, brincou Irene, tentando parecer descolada.

Caso a gente não ache, pelo menos temos umas garrafas de bebidas e um forró para animar lá em Abraão, respondeu Talita.

E nesse ritmo leve e animado passaram o dia na praia, lancharam o que levaram na mochila e se empenharam ao máximo para deixar tudo exatamente da forma como encontraram naquele santuário da natureza. Um pouco antes das 16h, resolveram sair e seguir a trilha de volta para pegarem o último barco do dia que a levariam para o hostel. Encantadas com tudo que viram e as distrações com os surfistas, pensaram que o forró seria animado, já que marcaram com algumas pessoas que estavam lá. As horas se passavam tranquilas, nada tinha com o que se preocupar, esses dias de folga estavam espetaculares. Dançaram muito, beberam e riram a madrugada toda. O primeiro dia foi típico daqueles grupos que nunca fizeram "luau" e resolveram amanhecer na praia cantando as principais músicas que apareciam na cabeça. Irene nunca tinha se sentido tão bem, com pessoas legais e com a Talita, que demonstrava ser uma boa pessoa, mesmo com a diferença de idade, ela sentia que poderia aprender muitas coisas com ela, principalmente a valorizar sua vida. Talvez Sandro estivesse certo e a desculpa que ela encontrou para seguir os dois tinha mais a ver com o interesse em se aproximar de Miguel e de repente voltar a ter sessões de análise.

Depois do primeiro dia que ficou guardado para a história a amizade das duas, elas foram tentar dormir um pouco na cama do quarto que alugaram. Quase não conseguiram descansar. Havia muitas coisas novas para conhecerem juntas na Ilha Grande e a segunda parada seria a Praia do Aventureiro. Também de mar agitado, água límpida e uma areia em tons dourados, todo mundo que passar por lá tem a sorte de ver o atrativo principal, que é um coqueiro torto desafiando as leis da gravidade, cresceu na horizontal e depois se manteve ereto com suas palmeiras verdes e lindas. Todo turista que visita o Aventureiro tira muitas fotos do coqueiro, é o registro factício de que você visitou aquela praia.

Não sei o que esse coqueiro está esperando para cair. Parece que qualquer peso a mais, ele vai direto para o chão, brincou Irene.

Sinto que esse coqueiro é como o meu corpo, torto e imperfeito. Apanhou um pouco da vida, precisou buscar outra direção para crescer e se manter firme, dando frutos na vida, filosofou Talita.

Meio atônita com a metáfora criada por sua amiga, Irene resolveu se calar e se pôs pensativa o passeio quase inteiro. Talita não sentiu muito essa mudança de comportamento, pois haviam encontrado os amigos do dia anterior e ela estava interessada por Maicon, um jovem alto, tatuado, moreno que apareceu na praia surfando há horas com seu irmão.

Nada poderia ser tão ruim para Irene do que qualquer coisa que dissessem que poderia a fazer associar sobre a sua relação com o seu corpo. Extremamente magra, devido às dietas que fazia para não precisar vomitar o que comia e todas as intervenções cirúrgicas para se manter dentro de um padrão que ela nem sabia qual era exatamente, essa alusão com o coqueiro a fez pensar sobre o quanto ela sofria para se manter no esperado por seus pais. Não bastasse toda a insistência para se tornar uma médica brilhante, nos últimos anos, Valquíria estava empenhada a deixar sua filha mais velha mais jovem e esbelta. Totalmente adepta às cirurgias plásticas, essa era a nova onda do momento das senhoras ricas da Zona Sul do Rio de Janeiro. Filas se faziam enormes para marcarem uma consulta e uma cirurgia com os principais cirurgiões do País, Valquíria só precisava estalar os dedos para ter o que queria e a hora que gostaria, já que era dona de uma rede hospitalar pomposa e chique, muito influente nas regiões em que se localizavam. Para ela, era inadmissível que uma mulher não se cuidasse, principalmente a aparência, para que o seu marido jamais pensasse em divórcio. Até poderia ter as aventuras dele, mas separar jamais! Fazia tudo o que estava ao seu alcance para que Ícaro tivesse uma mulher do seu lado que fosse sempre elogiada nos eventos sociais em que precisava estar presente, afinal de contas, ela é a famosa filha do homem que iniciou esse império para a sua família. Todos queriam saber sobre a vida de Valquíria, sendo, inclusive, convidada para uma entrevista em uma revista dessas que escolhem pessoas comuns com um grande patrimônio para falarem sobre como é a sua vida. Na época, Irene lembrava com mágoa, sua mãe não quis que publicassem uma foto da filha mais velha, eliminando a herdeira que estaria à frente de todas as decisões do hospital, em um futuro breve, só por conta de, na época, ela estar acima do peso. Gordofóbica, sua mãe fazia questão de comparar uma filha com a outra, não somente criando uma competição irracional entre elas, mas mostrando para Irene que sua preferência era a Camila, pois, em todas às vezes, a caçula era elogiada pelo seu corpo lindo, cabelo grande e maravilhoso e sua escolha médica, a ortopedia, assim como Valquíria. Enquanto Irene sempre pareceu ocupar um espaço menor na vida de seus pais, apesar de estar sempre sendo mais cobrada por eles, Camila estudava tanto que completou duas especialidades rapidamente. Com o Caio, por exemplo, quando decidiu pela endocrinologia, sempre foi criticado porque sua esposa também era endócrino, por isso, todos diziam que ele preferiu seguir mais as ideias da esposa do que as próprias. No entanto, por ser filho homem, esse foi apenas um pequeno deslise, desde que Valquíria estivesse no comando da vida dos 3 filhos, tudo ficaria bem. Mas, quando algo não saía da forma como queria, sai de baixo! Ela conseguia ser mais abusiva que Ícaro, afogado de trabalho para fazer, mágoas profundas quase que inacessíveis, o deixava caxias o bastante com o trabalho e infeliz com o seu casamento, que começou a desandar no minuto em que se vira obrigado a fazer tudo exatamente da forma como seu sogro queria. A união não foi do jeito que ele desejava, não pode, sequer, dar uma opinião sobre o que gostaria na festa, tudo foi feito muito às pressas devido às condições da noiva, que já estava gestante. Além disso, deixar as Belas Artes, foi um soco no estômago, mas que foi devidamente colocado no passado no instante que percebeu que ia precisar cuidar da sua família e todo o sacrifício seria preciso. Foi assim que Ícaro se tornou um médico brilhante, como um filho para o pai de Valquíria. No final das contas, ele até se sentiu agradecido por ser acolhido pela família de forma como nunca viu igual, a confiança que eles tiveram com ele, sobretudo com os negócios e o hospital, pois era uma dívida emocional que ele nunca poderia pagar.

Toda essa história familiar não era um tabu em casa. A única coisa que se tornou proibida era falar sobre o curso de Belas Artes que Ícaro fazia, pois era motivo de sintomas alérgicos, que deixavam a pele dele extremamente sensível. A primeira vez que ele reparou que essas coceiras começaram a incomodar foi no dia do nascimento de Irene. Ao colocar a filha no colo, percebeu que seus braços e pernas começaram a ficar rapidamente vermelhos e, se não fosse o fato de estar no hospital, teria sérios problemas de saúde. Sua boca inchou tanto que mal conseguia falar o que tinha acontecido. Alguns testes depois concluíram que a paçoca que ele tinha comido de sobremesa do almoço teria sido a causa disso tudo, mas foi uma dúvida que carregou durante toda a sua vida. Após esse acontecimento, Ícaro não comia mais amendoim e proibiu Valquíria de falar sobre o passado dele com artes. Segurar Irene foi ficando mais possível, no entanto, nunca tiveram uma relação muito próxima: ele tinha medo de se aproximar muito e acabar passando mal de novo.

Irene tentava recordar de alguma lembrança da mãe ter deixado escapar algo, um *flash* muito forte tomou conta da sua cabeça, ela estava tendo uma recordação sobre um dia em que ela voltara da escola com um recadinho na agenda que falava sobre um passeio no MAM – Museu de Arte Moderna. Ela, com 7 anos, jamais pensaria na retalhação do seu pai. Ela lembrou de uns gritos que o seu pai deu com ela quando tentava explicar o motivo pelo qual ela ficaria em casa naquele dia, no entanto, ela acabou conseguindo ir ao passeio, pois sua mãe pensou que foi um exagero dele, e motivada com a ideia de que Irene tivesse um momento cultural importante com os amigos da escola, ela deu a oportunidade para a filha conhecer uma das coisas que ela mais se lembraria com carinho: os quadros e as pinturas de artistas que ela nem se lembrava do nome direito, mas que a agradou muito ficar olhando por muito tempo aqueles traços, cores e uma iluminação diferente que somente grandes artistas poderiam conseguir com um pincel e uma tinta. No dia seguinte, Irene não conteve a alegria de contar como foi o passeio à família, tornando aquele café da manhã, o momento mais traumático de sua vida.

Extremamente irritado com tudo o que ouvira da sua filha, o quanto que ela ficou feliz de ter ido ao MAM, Ícaro começou a ficar vermelho e com muitas placas pelo corpo. Irene ficou com muito medo de ele morrer, pois a garganta estava fechando e ele com muitas dificuldades para respirar, revirava os olhos tentando fazer forças. A sorte é que a ambulância do hospital veio rapidamente e todos os procedimentos necessários foram feitos em casa mesmo. Mais uma vez, eles ficaram na dúvida sobre o que tinha causado essa grande alergia, pois constataram que a massa pronta para *wafles* que a empregada da casa havia comprado tinha em sua composição amendoins e Ícaro tinha comido dois *wafles* inteiros, cheio de geleia de morango durante o café. Após esse fato, estranhamente, Irene começou a se interessar ainda mais por artes, mas manteve esse gosto em segredo para não causar mais nenhum mal ao seu pai. E foi assim até a sua vida adulta.

Um tanto quanto meio desnorteada com essas imagens que estavam se tornando mais vívidas na sua mente, supôs ser o álcool, que havia ingerido, ser o principal motivo dessas lembranças saírem. Contudo, poderia ter a ver também com a metáfora do coqueiro, pois, desde então, teve sonhos terríveis na noite anterior. Um deles, Irene tinha sonhado que o seu corpo explodia sem motivos aparentes, mas que por conta de tanta comida que ela dispensava, ela estava comendo somente as suas emoções para se manter viva e todas elas chegaram em um ponto crucial, pois, apesar de o seu corpo não estar sendo alimentado com comida, estava em pé por outros motivos e os principais eram: raiva dos pais, angústia em sentir que ela era uma farsa e um vazio que ela não sabia explicar. Com o barulho do mar batendo próximo à sua janela, ela acabou acordando do pesadelo e ficou agradecida por cada parte de si ainda estar intacta dentro daquele quarto.

Ela ficou encucada por um tempo sobre os sonhos e sobre o coqueiro, não conseguia entender muito bem qual o sentido de tudo isso. Enquanto tomavam um suco no *hall* do hostel, ela chegou a contar para Talita o que havia acontecido, pois não se aguentava de tanto incômodo. Logo, sua amiga percebeu que algo estava errado e perguntou para ela sobre análise, se ela não gostaria de voltar a fazer com um psicanalista.

Sabe, essas questões com sonhos são importantes. Meu pai e o meu analista sempre me disseram que os sonhos são uma janela para o inconsciente, uma espécie de mensagem que a sua parte da cabeça, que você não conhece, onde ficam guardados tudo aquilo que você não quer conhecer, aparece como uma luz que se acende e te manda um recado. Se você estiver em análise, poderá conseguir interpretar, caso não esteja, é uma tarefa quase que impossível, explicou.

Não achei que a análise funcionou comigo na época que fiz, mas agora e tô bem velha para pensar nisso. Acho que já passou o meu tempo", respondeu.

Com anos de análise nas costas e sem a intenção de largar a sua análise pessoal, Talita pensou que isso poderia ser um exemplo daquilo que Bernardo, seu psicanalista, sempre falava: às vezes a gente não quer enxergar aquilo que está em nossa frente. Não adianta forçar, a pessoa tem que querer por si. Então, decidiu não aprofundar mais sobre isso e desconversou.

Dona Irene, dona Irene! Telefone do hospital para você!", gritou um dos camareiros onde as duas mulheres estavam hospedadas. Sem saber muito o que pensar sobre isso, ela correu para atender e ficou sabendo que um acidente grande tinha acontecido em um estádio de futebol, durante um jogo, e que deixara muitos feridos. A equipe de plantão do Souza Aguiar não ia segurar sozinha porque tinham mais pacientes do que médicos naquele momento. Era preciso que mais um cirurgião se apresentasse e, devido às suas especializações, Irene foi convocada para participar da força-tarefa que foi preciso realizar para ajudar a todas as vítimas. Devido a uma construção irregular no estádio, um dos blocos da parede de concreto se soltou e caiu diretamente na arquibancada. Somente uma fatalidade até a hora em que ligaram para a médica, no entanto, se tudo não fosse organizado da melhor maneira possível, mais pessoas poderiam morrer. Não pensou duas vezes e, ao desligar o telefone, avisou à Talita o que tinha acontecido e foi diretamente para o quarto guardar suas roupas rapidamente na mala e partir para o Rio. Sua amiga não poderia ajudar naquele momento e elas entenderam que Irene poderia dirigir sozinha até o hospital. Talvez tenha sido o trajeto mais rápido que ela já fez de todas às vezes que viajou para Angra dos Reis. Muito preocupada e disciplinada com o seu trabalho, sentiu uma ponta de culpa por não estar mais perto quando estavam precisando tanto dela. Não tinha como ela saber o que estava para acontecer e, além de estar de folga, não tinha sobreavisos da diretoria do hospital para que ela se mantivesse na cidade. Tudo isso é o próprio julgamento dela sobre a sua capacidade de ser eficiente, pois foi criada para ser um anjo celestial que salvava vidas, era assim que às vezes a responsabilidade batia na sua porta. Quem a olhasse e a julgasse pensaria que a sua maior vocação era mesmo ser médica: ela fazia tudo tão bem e com tanta organização, que parecia ter nascido para isso.

Irene passou por pouco de ser psicótica, minha filha. Eu acredito que ela tem muitas coisas a serem trabalhadas na sua vida, espero que um dia ela volte para as sessões dela, disse Miguel à Talita, quando ela chegou em casa e contou o ocorrido sobre o sonho e todo aquele papo do coqueiro.

Fora 16 horas de cirurgia e muita concentração para não sair nada fora do que ela tinha planejado para esses pacientes que se livraram de uma morte súbita durante um momento de lazer. Nos intervalos que precisou tirar para descansar, Irene viu na televisão como tudo aconteceu e ficou horrorizada com o descaso de um lugar que poderia ter feito melhor o seu trabalho. Agora por conta de valores mais baratos no projeto de engenharia, uma pessoa estava morta e mais sete estavam gravemente feridas, duas em estado gravíssimo, o que estava ocupando todo o tempo dela e dos demais cirurgiões que estavam cuidando do caso. Um homem de, aparentemente, 50 anos, tinha levado a sua filha para assistir pela primeira vez uma partida de futebol. A menina, de 10 anos, era a vítima fatal que não resistiu com o impacto de um vergalhão diretamente na sua cabeça. Ainda inconsciente, o paciente nem sabia o que ainda tinha acontecido, mas já era suficientemente revoltante para todos que estavam trabalhando naquele hospital. Se aquele homem saísse com vida, teria que conviver com o fato de a sua filha não estar mais por perto. O que seria de um pai, que parecia gostar verdadeiramente da sua filha, sem o seu bem maior? Por um momento, Irene pensou que seria bom que ele partisse também, mas só mesmo como uma forma de apartar a dor. Não sabia ao certo como era uma relação de pai e filho positiva, pois nunca teve isso do seu pai, nem mesmo sabia como era o amor de mãe, já que tinha decidido não ter filhos, no entanto, ela imaginava ser algo grandioso demais para se perder assim do nada, em um momento que deveria ser de diversão. Tem coisas que passam pela nossa cabeça sem que consigamos controlar. Foi assim que esse pensamento foi e voltou na cabeça dela, enquanto estava na mesa de cirurgia cuidando da perfuração que o mesmo vergalhão fez na barriga daquele homem. Depois de 4 horas e meia, ele já não corria um grande risco de morte, poderia ser levado ao quarto para a sua pronta recuperação. Decidiram não dar a notícia sobre a menina nas próximas 24 horas, para não sobrecarregar o emocional dele, pois isso poderia prejudicar toda a situação de saúde, que inspirava cuidados. Quando souberam da notícia, mãe e irmã foram ao encontro de Gerônimo e Alice, pai machucado e filha morta por um descaso de uma empresa que desejou economizar nas obras. Enquanto Irene acompanhava todo o caso no jornal da noite, fazendo um lanche, ouviu os choros de desespero de Claudia e Jaqueline, os entes que foram ao encontro de seu marido e irmão, respectivamente. No momento em que descobriu que se tratava do choro de uma mãe que havia descoberto que a filha de 10 anos tinha morrido, seu apetite foi automaticamente substituído por uma onda de aflição que deixou a médica fora do ar por uns 15 segundos.

Ei, você está bem?, perguntou seu amigo Sandro.

Você consegue me ouvir?!, insistiu.

Depois de algum tempo, o olhar dela se voltou a ele e percebeu que ficou meio desnorteada com toda a situação tocante e acabou falando sem pensar: *Se fosse meu pai e mãe tendo essa notícia, talvez ficassem aliviados.*

Não fale isso, Irene. Seus pais te amam do jeito deles, tentou amenizar a situação.

Sejamos realistas, Sandro. Acho que preciso de análise. Fiquei fora do ar aqui por uns segundos e isso não deve ser normal, se questionou e não deixou Sandro dizer o que ele pensava sobre isso, foi andando até a lixeira mais próxima, jogou o seu sanduíche integral fora e voltou para o seu posto, faltavam 20 minutos para ela render mais um colega.

Chegando na enfermaria, conseguiu checar que os outros pacientes menos graves estavam se recuperando bem e isso deu um certo alívio. Conforme o tempo ia passando, percebeu que o seu corpo já voltava a corresponder aos estímulos de rotina para se pôr a serviço do hospital, ainda mais. O próximo paciente que precisava de intervenção cirúrgica era um adolescente de 16 anos, havia quebrado o braço em 3 partes, conforme a radiografia. Ela precisava abrir o braço do garoto e reconstituir os ossos, no entanto, a ulna (o osso mais largo do antebraço) tinha sofrido sérios abalos, e o úmero e o rádio iam precisar ser ligados com uma placa de metal. Foi uma fratura com 3 fragmentos e era necessário fixar com placa e parafusos. A cabeça do rádio precisou ser substituída por uma prótese metálica. Apesar da complexidade do caso, era algo que Irene estava totalmente confortável para fazer, primeiro porque o paciente era jovem, então, com fisioterapia, os movimentos voltariam rapidamente e segundo porque era o tipo de coisa que ela gostava de fazer: cortar, juntar partes, sentir-se útil de alguma forma na profissão que ela estava exercendo. Uma maneira muito sutil de permitir ser feliz da forma como dava. Com algumas horas de cirurgia, o adolescente já estava acordado e devidamente medicado, precisando ficar no hospital sob observação por um ou dois dias e logo seria liberado.

Quando toda a situação acabou, Irene sentiu que o seu corpo estava completamente dormente, suas mãos cansadas devido ao trabalho extremo, assim como a sua mente estava pronta para desligar a qualquer momento. Ela dirigiu por horas até chegar ao hospital e ficou 16 horas trabalhando sem parar, esquecendo-se até mesmo de comer. Ao chegar na sala dos médicos, caiu e desmaiou. Foi socorrida rapidamente por Sandro, que a acompanhava mesmo que de longe, porque tinha achado o comportamento dela, de mais cedo, um tanto quanto peculiar. Ao constatar que foi apenas um desmaio, ele pediu para ela fazer um *check-up* completo, uns exames importantes que poderiam mostrar se tinha algo de mais grave. Meio relutante, ela aceitou. Ao terminar e já devidamente alimentada, tinha sobrado uma sopa na cozinha do hospital com bastante legumes, ela seguiu para sua casa a fim de descansar para o próximo dia de serviço.

O hospital ligou para casa de Irene cedo para avisar que um dos pacientes não tinha resistido. Era um homem de meia-idade que tinha sido operado por um colega médico e que estava em uma situação muito complicada. Ela também ouviu do supervisor que não era necessária a ida dela para o trabalho, já que ela precisava descansar por mais tempo depois de toda a situação estressante que tinha passado. Ela tentou negociar com ele, porém, sem sucesso, resolveu ir para o hospital dos pais caçar um trabalho. Não era da conduta dela passar muito tempo em casa. Além de ser um prato cheio para a sua mente começar a pensar sobre a sua vida e o estado de como as coisas estavam, ela não sabia o que fazer para se divertir quando Talita não estava por perto. Ao chegar no hospital, uma legião de residentes começou a seguir para falar que tinham visto o caso do estádio e aproveitaram para a parabenizar pelo desempenho incrível que teve, salvando muitas pessoas naquele dia. Chateada com tantos elogios sobre a sua atuação, sobre o quanto ela era uma ótima médica, chegou a se sentir enjoada quando o seu pai, sorridente, veio abraçar a filha no corredor principal daquele império que ela negava, mesmo que somente para si. Depois de toda situação angustiante, a única coisa que pensou foi ligar para sua nova amiga, que já estava de volta do Rio, e locomoveu-se até o telefone da recepção principal, pegou o cartão do Studio 77 e solicitou que chamassem a Talita, que atendeu prontamente no telefone: *Não me leve a mal, me leve à praia?* e assim seguiram juntas para o Arpoador.

Toda monarquia tem o seu bobo da corte.
Esse era mais um dia comum em casa.

CAPÍTULO VI

Todo Sacrifício é Um Ato de Amor

Caminho sob as gramas verdes de um campo aberto e coberto de tulipas rosas e amarelas, as mais bonitas que já vi. O ar é fresco, parece agradável com tanta pureza das árvores antigas que lá moravam há séculos... Fechei os olhos e percebi uma gotícula cair na minha testa e pensei que, se cair uma chuva, não farei força para me proteger dela. Tudo é tão bonito e natural, o rio passava manso e tranquilo, havia cristais nas rochas, eu vi pequenas ametistas e quartzos cor-de-rosa pelo caminho que fazia até chegar a uma cascata de águas cristalinas. Segui até o final da trilha sem pensar duas vezes, retirei os sapatos para sentir a terra e alcançar uma velocidade que me permitisse saltar! Splash! Foi o som que ouvi quando senti o meu corpo perfurar o bolsão d'água no meio daquela cachoeira incrível. Ao abrir meus olhos, entendi que não se tratava exatamente de uma formosa queda véu de noiva, era a boca de uma baleia assassina que estava me engolindo e o pior de tudo é que eu mesma que me joguei na boca desse animal faminto!

O despertador de Irene tocou justamente na hora que ela estava se dando conta que havia sido devorada por um ser fantástico da natureza. Era um sonho! E parece que acordara um pouco aliviada ao ter se dado conta disso. Era uma manhã cinzenta no Rio de Janeiro e nenhum cario-

94

ca gosta de dias nublados. Pensou que seria interessante correr na esteira da academia de seu condomínio, mas não levantou da cama no horário habitual, ela ficou revirando de um lado para o outro, só o seu corpo estava ali, os seus pensamentos estavam no Largo do Machado. Irene estava mesmo considerando a ideia de voltar para análise, mas existiam ainda muitas barreiras a serem quebradas.

Ela não foi praticar as atividades de que gostava, para manter o seu corpo em forma, e acessar o Ifood era uma boa opção para quem estava com preguiça de cozinhar também. Mais um dia de folga, mas dessa vez em casa, sem nada para fazer, sem o Sol dourado iluminando a sua querida praia. Não era somente o dia que estava em brumas, o seu coração variava de humor em escalas de cinza, horas menos humorada e outras chorando desesperadamente. Sentia um vazio no peito, a falta de uma família aconchegante que poderia chamar para um café ou um chá sem que fosse julgada cinco minutos depois pelas escolhas que fez. Pensou em chamar Talita para um jogo de cartas, mas, acontece que a jovem empreendedora estava ocupada com uma exposição prestes a ser lançada. Tudo contribuindo para que Irene tivesse um dia somente seu, apenas ela com seus pensamentos.

Após comer a pizza, que pediu de almoço, com uma bela Coca-Cola a tira gosto, checou a geladeira e constatou terem pedaços de marmelada escondidos na parte inferior, onde se guardam os legumes e verduras. Era uma estratégia para dias difíceis. Comeu seis pedaços e se sentindo com a barriga muito cheia, entre um devaneio e outro, parou de comer e começou a ficar enjoada e arrependida do quanto carboidrato, açúcar e gordura tinha ingerido. Pela primeira vez depois que voltou ao Brasil, Irene forçou o vômito para se livrar daquele peso na consciência de ter sentido prazer de comer, em um dia comum. A compulsão alimentar a fazia querer comer tudo o que tinha pela frente para aplacar as emoções que a tormentavam, ao mesmo passo que sentia súbita vontade de se livrar de tudo aquilo que comeu por prazer. Era uma dobradinha de bulimia e anorexia. Acostumada a ingerir remédio tarja preta para emagrecer há anos, para manter o seu corpo magro, mesmo se exercitando frequentemente, ela não percebeu que o ato de vomitar aquilo que acabara de ingerir não era somente uma medida preventiva para não ganhar peso, era mais que isso: uma forma bastante desequilibrada para não se sentir feliz em comer o que se gostava, pois tinha lembranças da sua adolescência e fase adulta com a sua mãe regulando o que era certo e errado para o seu corpo. Valquíria imaginava ser essa a forma mais eficiente de as filhas não engordarem, se ela fixasse na mente delas que jamais conseguiriam se casar com um homem que se preze se estivesse acima de seus pesos ideais, estaria fazendo um bom serviço como mãe. Mais tarde, quando as duas filhas já estavam casadas, começou a criar a ideia de que elas seriam traídas por seus maridos, com mulheres lindas e magras, caso engordassem. Não é à toa que tanto Irene quanto Camila vivem verdadeiros dilemas com seus corpos, cada uma com seu jeito de ter compreendido os argumentos de Valquíria.

Cada vez que o seu ritual de jogar fora tudo o que tinha sido ingerido chegava ao fim, a médica percebeu que algo estava muito fora do lugar. Como poderia ela, com todos os diplomas que tinha, conseguir fazer esse tipo de coisa que condenaria em qualquer paciente? Como pode ela, sendo quem era, a melhor aluna da faculdade, a mais promissora médica cirurgiã, poderia estar passando por uma situação dessas? Não conseguia controlar seus impulsos e chorava todas às vezes que se dava conta que estava com um problemão e não poderia se abrir com ninguém. *A Talita era muito nova, ela nem sequer saberia a gravidade da situação...*, cogitou. De uma forma muito sutil para se perceber, Irene se colocava em uma posição de semideusa, alguém com muita sabedoria, salvadora de vidas, perfeita em todos os aspectos, menos os que ela tentava esconder até para si. *Se pelo menos Sosô não tivesse tão afogada naquela vida maravilhosa dela com o marido, os filhos e a sua família morando em uma linda casa no interior, grande, com muitos andares e cheia de plantas e flores...*, invejou. Ela se deu conta de que não tinha ninguém para resolver os seus problemas, mas era ela que era solicitada todas as vezes que um problema acontecia. Seja no trabalho, seja na família e se lembrou do dia que Caio contou para todos que ia se separar de Janice. A notícia se transformou quase em uma convenção no sofá da casa de seus pais. Queriam entender todos os detalhes e quando ouviu a nora dizer estar caindo fora porque o filho querido tinha traído ela com uma enfermeira, o mundo pareceu cair. Ícaro fintava Caio de uma forma como Irene não se lembrava antes de ter acontecido. Nem mesmo quando seu irmão foi pego fumando maconha no banheiro da escola. Valquíria, meio dissimulada, perguntou à Janice: *Essa foi a primeira vez que aconteceu? Depois de 12 anos de união? Você é uma sortuda. Sinceramente eu não vejo com o que se preocupar. Ele agora estará aos seus pés, fará tudo o que você quiser. Então para que se separar nessa altura do campeonato?*

Camila não estava acreditando no que a mãe estava falando e, mesmo sem querer, acabou perguntando: *E se fosse com você, mamãe?*

A pergunta não deve ser bem essa, minha filha. Você deveria me perguntar quantas vezes nesses anos todos, respondeu.

Ainda meio atordoada depois do que ouvira, Camila olhou para seu pai, que desviou o olhar envergonhado. Irene segurou a mão de sua irmã caçula e sussurrou em suas orelhas: *Essa não é uma briga sua, apenas ouça e vá embora. A gente pode tomar um drink depois que isso tudo acabar, o que acha?* Camila assentiu com os olhos e continuou escutando tudo atentamente.

Essa família tem muitos deveres e responsabilidades. Não somos apenas quem somos, representamos um hospital que carrega o nome de um santo e não é qualquer um, é um dos grandes. O Hospital Santo Agostinho é o trabalho que vai permanecer nessa família por muitas gerações. Estamos predestinados a continuar trabalhando em prol das pessoas que precisam de nós. A verdade só é alcançada com fé, razão e ciência. Por isso que o lema da nossa empresa é este. Eu, como diretor deste hospital e chefe dessa casa, não posso permitir que uma família tão bonita, com frutos, seja desfeita assim. Minha querida Janice, o que podemos fazer para que você permaneça conosco? Você é querida e bem-vinda neste lar. O seu emprego sempre estará garantido no Santo Agostinho, discursou Ícaro de uma forma tão manipulativa, que a esposa de seu filho homem se pôs muda e depois de alguns minutos saiu da sala, falou precisar pensar a respeito.

O que o patriarca disse em linhas tortas foi para Janice permanecer casada com seu filho, aguentando a trancos e barrancos pela sua família, filhos e emprego. Golpeou fortemente aquela mulher que sentiu medo de não poder mais ver seus filhos, não conseguiria ir contra a um império desses, além de ficar mal falada entre os médicos e nunca mais conseguir trabalho em lugar nenhum, nem mesmo se abrisse a sua própria clínica e começasse a atender particularmente, autonomamente.

Engolindo a seco tudo aquilo que estava ouvindo, Irene se levantou para buscar um copo d'água e foi encontrar sua cunhada na cozinha. Ao passar pelo corredor, encontrou Janice tendo um pequeno ataque de ansiedade. Ela segurava o pescoço como se não estivesse conseguindo respirar direito e olhava para a parede branca como se tivesse algo de muito assustador nela. Conforme Irene se aproximava, ela foi se acalmando até que conseguiu dizer poucas palavras: *Agora eu sei por que você tem problemas sociais, vem aqui nessa casa poucas vezes e não fala muito com ninguém. Antes eu te achava uma escrota antissocial, agora tá mais para heroína para mim.*

Você não precisa fazer o que eles estão pedindo. É meio doentio. Quando eu me separei, se meu ex não fosse gay, eu seria obrigada a fazer o mesmo. Eu te entendo. Mas, tudo tem limites, Janice. Seus filhos te amam, eles não vão te abandonar. Não estrague a sua vida, falou gentilmente Irene.

Você não entende, cunhada. Ele me fez uma ameaça bem clara ali. E eu e o Caio já não estamos nos entendendo há um bom tempo. Apesar de ruim, eu estou acostumada com essa vida. Tenho que pensar na minha carreira e nos meus filhos, vai ser muito ruim se tornar uma inimiga do Santo Agostinho.

Irene saiu da cozinha taciturna, sentou novamente no sofá e esperou tranquilamente o *show* de horrores acabar. Levantou para pegar um cálice de licor de tamarindo no aparador que ficava ao lado da janela e espelho principal da entrada da casa, aproveitou para checar se a bandeja de prata estava bem polida, encheu dois cálices e entregou um para Janice, que já retornava da cozinha para falar sobre a sua decisão final. Conforme o esperado, ela cedeu e disse que permaneceria junto ao Caio, mas que faria algumas exigências importantes para o bem da convivência em família.

Depois da solene reunião, Camila e Irene foram embora juntas de mãos dadas e cabeças recostadas. Ao abrirem o portão do quintal, Valquíria pediu para as duas esperarem. Ao se aproximar delas, começou mais um sermão: *Seu pai não é tão bosta assim, ele já abdicou de muitas coisas na vida para que essa família tivesse sucesso. Ele largou Belas Artes para fazer Medicina para que vocês tivessem um lar confortável e é por isso que ele pensa que todo mundo pode se sacrificar um pouco, pois todo sacrifício é um ato de amor. Esta família é assim*, despediu-se dando um beijo na testa das duas.

Atônita e sem saber como se dirigir para o próximo bar da esquina e fazer o que tinha prometido à irmã, Irene deixou a bolsa e as chaves do carro cair assim que a sua mãe fechou a porta de casa. Meio sem entender, Camila perguntou o que estava acontecendo, pois não reparou que pela primeira vez a mãe delas disse qual era o curso que o pai fazia quando precisou largar tudo para viver o sonho dos avós delas. Então era Belas Artes e toda aquela aversão a pinturas, museus e esculturas fazia sentido agora. Era quase impossível conceber que aquele homem arrogante, cheio de si, senhor dos pensamentos alheios e dono de um grande hospital conseguia ter sentimentos para criar arte! Irene não sabia se ria ou se chorava porque a primeira coisa que pensou foi: se ela era parecida com o seu pai pelo gosto nas artes, será que ela ficará desalmada com o passar do tempo depois que fosse ela a diretora do hospital da família? Mesmo assim, não quis pensar muito sobre isso e, já que a sua irmã não tinha pegado a referência, talvez por ser a mais nova, que ficasse assim mesmo. Não tinha motivos para revirar isso naquele momento que pretendia que fosse bom entre elas, afinal de contas, nunca tiveram a oportunidade de passar um tempo assim, sozinhas e juntas.

Vou te levar para ouvir um jazz suave, irmã! Pegou as chaves do carro no chão e se dirigiram para o bar que ela costumava ir com seu pai, quando mais jovem. O ritual se repetiu, os mesmos pastéis e uma conversa agradável, via depois de muito tempo a sua irmã sorrir sinceramente, sem o peso da mãe delas pairando sobre as costas da caçula. Aquelas horas pareciam ser as mais incríveis do dia. Ela estava ali com uma pessoa que adorava, em uma conversa que nada parecia com a que tiveram que presenciar mais cedo, e os pastéis, uma delícia! Ela nem percebeu que tinha comido um pouco mais do que se permitia e não pensou em ir ao banheiro e se livrar daquilo. A emoção de estar com a sua irmã era boa demais e não estragaria tudo, passando horas com o rosto inchado após ter forçado o vômito no chão de um bar. Camila estava solta, feliz e contando muitos detalhes da sua vida. Ela, sim, parecia realmente gostar de ser médica e, apesar das coincidências com a ortopedia, tinha um brilho no olhar intenso quando falava do trabalho. Talvez deveria ser ela a próxima diretora, pelo menos o hospital estaria em boas mãos.

Aquele dia cinzento, que tinha tudo para acabar mal para Irene, ficou mais colorido com a chegada da Camila em sua vida.

Doze horas tinham se passado após o encontro com a sua irmã no bar do Catete. O telefone tocou insistentemente, até que Irene decidiu atender. Levantou da sua cama meio atordoada, atrapalhando-se com os próprios pés. Uma dor de cabeça sinistra, uma ressaca que não acontecia há meses. Antes de finalmente atender o telefone, chegou a esboçar um sorriso ao ver a sua imagem refletida no espelho, pois estava feliz que tinha saído para beber uns *drinks* com a sua irmãzinha. Quando ela tirou o telefone do gancho, percebeu que era a voz trêmula de Camila e ficou assustada com o teor da notícia. A ligação era para avisar que a mãe delas tinha sofrido um acidente sério de carro e que estava entre a vida e a morte.

As próximas horas serão cruciais para o sucesso do procedimento cirúrgico. Agora toda ajuda com orações é bem-vinda.

CAPÍTULO **VII**

Mãe é Mãe?

Ao chegar ao hospital, pelos rostos preocupados e olhos arregalados de seus irmãos, entendeu que o estado era grave. Viu o seu pai perto da janela do corredor em prantos, sendo cuidado por um dos enfermeiros, e seus sobrinhos chorando muito no colo de Caio. Sem uma palavra sequer, tinha entendido que a mãe estava em um estado bastante grave.

Valquíria saiu da aula de ginástica, que fazia há anos no mesmo local, com o seu personal trainer. Professor Bartolomeu era como um integrante da família, dava aula para todos, e foi ele quem contou como tudo aconteceu para Irene, pois os dois estavam se despedindo na hora do ocorrido.

Sinto muito por ser eu que trouxera essa notícia para você, mas a sua mãe foi atropelada por um cara alterado de cocaína que corria muito de carro, vindo da estrada velha de asfalto que dá de esquina para academia e segue no sentido para quem vai a São Paulo, a polícia já está com ele, pegando o depoimento, ela estava se despedindo de mim quando virou as costas, ainda na calçada, e só ouvi o barulho que o carro fez quando atropelou a Val. Liguei imediatamente para o Ícaro que chegou prontamente com a ambulância na frente da academia. Estão operando ela lá dentro agora.

Chocada com o que acabou de ouvir, Irene repousou os ombros e a cabeça na parede do corredor do hospital. O tempo parecia que não estava passando da mesma forma e cada segundo era interminável. Ao ver Camila se aproximando, elas choraram juntas se abraçando e um pensamento terrível passou pela cabeça de Irene: *Ela não é a melhor mãe do mundo e até merecia morrer, mas se já é ruim com ela, imagina sem ela...*

As histórias de Valquíria com seus filhos não eram lembranças exatamente boas, por muitas vezes ela negligenciou, com Ícaro, os cuidados e os afetos, substituídos por babás que eram constantemente despedidas por terem sidos descobertas na cama com seu marido. Os laços que construíram foram às duras penas, pois Valquíria culpava muito os três por terem 'acabado com o corpo dela. De maneira bem sintomática, ela acreditava que, por ser mãe de três crianças, partes do seu corpo precisaram de reparos cirúrgicos para voltar ao normal. Ela não considerava envelhecer, pois os sinais do tempo eram considerados por ela algo muito ruim, pois tornava a mulher menos atraente para os homens. Com tantas traições cometidas por Ícaro, ela pensou que não tinha mais atrativos físicos para o marido e com isso alertava constantemente suas filhas sobre os perigos dos homens, que podem trair com a premissa de precisarem de mulheres mais novas para se sentirem mais sedutores. Infelizmente, isso foi o suficiente para deixar Irene com muitos conflitos sobre sua imagem e talvez tenha sido o principal motivo pela ela desenvolver sintomas bulímicos/anoréxicos.

Enquanto o tempo desafiava as leis cronológicas, Irene ficava cada vez mais impaciente porque sabia que quanto mais uma cirurgia demorava, mais problemas eles estavam encontrando para restabelecer aquele paciente. Olhava para o relógio o tempo todo e sequer haviam passados 20 minutos. Com todo aquele tempo para pensar, muitas imagens do passado estavam invadindo à sua mente e era justamente isso o que não desejava. Perguntou para seu pai se ele gostaria que ela pegasse um café e, ao perceber o movimento positivo de sua cabeça, desceu imediatamente para a cantina que ficava no quinto andar do hospital. Pediu não somente o café, mas a tradicional canela que ele gostava de usar para dar um gostinho especial. Na fila de espera, Irene sentiu uma mão apoiar em seus ombros e pensou ser alguém que estaria ali para dar notícias sobre a sua mãe, no entanto, era um dos gestores que trabalhava com seu pai fazendo o oposto, perguntando-lhe como estava lá em cima. Procurando falar o básico, o que era verdade, pois também não sabia o real estado de sua mãe: *As próximas horas serão cruciais para o sucesso do procedimento cirúrgico. Agora toda ajuda com orações é bem-vindas.* Estranhando bastante a resposta de Irene, por não ser nem um pouco religiosa, o gestor apenas assentiu com a cabeça e saiu de cena. No entanto, a fala dela própria causou incômodo, pois se lembrara ser exatamente assim que a sua mãe falava com os pacientes que estavam à beira da morte, como uma forma de ir preparando os familiares para a possibilidade de uma notícia ruim. Toda essa lembrança foi o suficiente para transportá-la para um caso difícil que tinha mexido bastante com a sua mãe, anos atrás. Irene era ainda uma estudante de Medicina e, entre um tempo e outro, acompanhava sua mãe como estagiária.

Era dia 24 de dezembro em mais um dia caótico de véspera de Natal no Santo Agostinho. Desastres de carro, gente alcoolizada, pessoas tentando chegar nas casas de seus parentes, algumas sem sucesso. Valquíria gostava de trabalhar sob pressão. Normalmente era algo que saberia lidar facilmente se não fosse uma briga desastrosa com Ícaro horas antes de atender o paciente mais complicado da noite. A briga se desenrolou porque o seu marido não passaria o Natal mais uma vez em casa. No entanto, não entendeu os argumentos dele, pois não havia necessidade de não passar as festas juntos, já que não era plantonista há muito tempo, desde que se tornara diretor do hospital, só que não era o momento para brigas porque tinha muita gente precisando dela e logo entendeu que, até o dia terminar, seria um daqueles para não ser lembrado. O combinado seria que ela chegaria próximo à ceia do dia 24 e todo mundo passaria o dia 25 de dezembro juntos na chácara da família. Mas, de uma hora para outra, Ícaro tinha avisado que não poderia porque havia a necessidade que ele fosse tratar de questões importantes em uma das sedes que ficava na Bahia. Em noite de Natal, as coisas costumam ser conflitantes não somente para os acidentes de trânsito, mas também na cabeça das pessoas, e Valquíria logo pensou ter a ver com um caso novo, o que a deixara extremamente incomodada.

Tentando brigar com seus pensamentos invasivos e com a vontade de ligar para Ícaro e dizer algumas verdades, ela entrou em um transe misturado com as lembranças ruins das lembranças de traições passadas do marido, percebeu que sua visão ficara turva e que isso não era nada bom para quem precisaria atender um jovem gravemente ferido. Rafael, um jovem de 26 anos, tinha se envolvido em uma briga alcoolizado, pegara seu carro e não pensou duas vezes ao dirigir em uma estrada complicada, tratava-se da Grajaú-Jacarepaguá, muito conhecida por suas curvas perigosas e excesso de óleo na pista. Haviam escoriações na cabeça, na coluna, nos braços e nas pernas. Muitos ossos quebrados, o que se fazia necessário uma radiografia para ver o tamanho do estrago. O rapaz estava inconsciente e com um machucado grande na cabeça. Quando os exames preliminares saíram, Valquíria logo percebeu ser um caso dificílimo para não chamar de impossível. Rafael passou por diversas cirurgias durante os setes dias que seguiu internado. Irene ainda não tinha visto nada igual, foi recomendado que ela assistisse a sua mãe conversando com os familiares para que ela pudesse entender sobre a importância dessas comunicações e relacionamentos, pois o caso era mesmo difícil e não havia muito o que fazer, além do que já tinha sido feito, a não ser esperar a recuperação dele, para ser possível avançar em outros tratamentos de igual importância. Valquíria estava mesmo mexida com aquele caso porque era um homem jovem, que teria toda a vida pela frente se não fosse uma atitude tão impensada. Toda briga com seu marido parecia tão pequena diante do sofrimento daquela família que até causou espanto na Irene, por ver a sua mãe assim tão emotiva. Ao chegarem na sala de recepção onde estavam a noiva e os pais de Rafael, Valquíria explicou um pouco sobre o que tinha acontecido com ele, falou sobre os exames que detectaram álcool no sangue, na direção embriagado e o que estavam fazendo para ajudá-lo a sobreviver. Ao fechar aquela porta, Irene e Valquíria receberam a informação de que Rafael tinha sofrido morte encefálica e não demorou muitos dias para que ele falecesse. O Natal não tinha sido mesmo da forma como Valquíria imaginava. Ícaro estava longe e seus filhos não conseguiram festejar muito depois do que havia ocorrido nos dias de festas. Trocaram presentes, comeram, riram um pouco, mas não houve festa nem convidados para um evento que normalmente era grandioso. Os donos do Santo Agostinho gostavam de abrir suas portas em dias festivos, mas não foi isso que aconteceu naquele ano.

Conforme o tempo passava, Irene se recordou de cada detalhe desses momentos ao lado da mãe, pois era quando as duas tinham paz e passavam horas sem brigar. Quando ela estava aprendendo a arte da família, sua mãe era alguém atenciosa e carinhosa. Por muitas vezes a chamava para almoçar ou passarem no *shopping* para comprarem alguma roupa. Mas Irene passou evitar esses momentos porque era ruim as alfinetadas de leve que sua mãe fazia sobre as escolhas que ia colocar no prato e as roupas. Meio que para não estragar tudo, ela se contentava em ser a estagiária da sua mãe por algumas horas e depois voltar para a faculdade. Sentiu que foi o tempo em que mais trocaram pensamentos e poderia sentir até alguma admiração por ela, o que a levou a concluir que Valquíria era outra pessoa quando estava exercendo a profissão. E, em casa, uma mulher enrijecida pela vida, tomava conta de todos os espaços com muitas brigas e críticas exacerbadas para com os filhos. Extremamente preocupada com a sua aparência e peso corporal, era uma mulher que não media esforços para se manter jovem e magra, com muitas cirurgias plásticas e terapias rejuvenescedoras. Buscava comprar as melhores roupas e estava sempre impecavelmente arrumada, mesmo dentro de casa. Tinha muitas empregadas, mas fazia questão de preparar o café da manhã da família, logo após voltar de seus treinamentos para a redução de medidas na praia. Não se achava bonita, apesar de todos comentarem sobre a sua beleza e bela forma física. Afinal de contas, o único olhar que ela queria: o do seu marido, estava sendo desperdiçado com alguma garota mais jovem que ela. Uma vez, passou tão mal com asma, após uma briga com Ícaro, que foi parar no hospital para estabelecer-se. Ao contar esse episódio para Miguel, Irene foi gentilmente aconselhada a dizer para sua mãe que ela poderia, se desejasse, procurar um analista para iniciar um tratamento em saúde mental: ele poderia indicar um profissional muito talentoso. Apesar de ela ter se interessado pelo convite, quando ouviu sua filha comentar a respeito, fingiu que não precisava desse tipo de tratamento e que era muito bem resolvida. Agradeceu sem sobressaltos e continuou a sua vida do jeito que estava sendo possível ser.

Uma cena que deixava Irene sempre estarrecida foi no seu aniversário de 7 anos, totalmente esquecido pela mãe, que havia marcado algumas aplicações de botox fora da cidade do Rio de Janeiro, além da convenção médica. Achando que se tratava de uma surpresa e que a sua mãe chegaria a qualquer momento com seu bolo de chocolate preferido, cansou-se de esperar e resolveu acreditar na explicação que Ícaro havia dado horas antes sobre o paradeiro de sua mãe. Completamente devastada com toda a situação, ela entrou em tristeza profunda. Na manhã seguinte, percebeu que tinha comido a bandeja inteira de uns doces que Eva tinha preparado, para ajudá-la a ficar menos triste, e tudo o que a sua mãe lhe disse quando abriu a porta do seu quarto, ao chegar de viagem, foi: *Mas que garota gulosa! Decepcionante!*

Ao perceber-se chorando na fila do café, Irene escolheu uns chocolates, enxugou as lágrimas e subiu pela escada de emergência para dar tempo de se recompor e comer os chocolates escondida. Não queria ninguém a recriminando por isso, apesar de a única pessoa que faria esse tipo de coisa estar entre a vida e a morte dentro da sala cirúrgica que costumava trabalhar quando não estava de plantão no Souza Aguiar.

Obrigado, filha.

Coloquei canela, pai.

Ícaro retornou com um sorriso para Irene e ela perguntou: *Alguma notícia?*, e recebe a negativa para mais informações.

Caio talvez fosse o filho mais ligado à sua mãe. Mas, também não era uma relação muito fácil. Entre altos e baixos, Valquíria mordia e assoprava quando percebia que Caio poderia pular fora a qualquer momento depois que se tornara adulto. O último a sair de casa, mesmo casado, passou boa parte do seu tempo morando com os pais e a esposa. Depois de muitas tentativas frustradas é que Janice conseguiu fazer com que ele comprasse uma casa, mesmo que perto, para construírem o seu lar. Era difícil para Caio sair da barra da saia da mãe, pois esse movimento de agredir com palavras e passar a mão na cabeça depois era o mais próximo de afeto que ele já teve, já que seu pai também não foi muito presente em sua vida, sempre trabalhando e viajando para cuidar dos interesses do hospital que herdaria um dia. Ele passou o tempo todo sentado no sofá do corredor, abraçado com seus filhos, chorando bastante até para conseguir tomar um copo d'água. Às vezes ele rezava, logo depois parecia arrependido por isso e começava a xingar Deus e toda a escala celestial de anjos. Extremamente ansioso por resultados, o único momento em que conseguiu levantar foi para bater na porta que dava para os acessos ao centro cirúrgico, mas sem sucesso porque ninguém foi atendê-lo. O melhor a fazer era esperar.

Camila, a mais contida e reservada, parecia querer resolver todos os detalhes burocráticos disso como uma forma de não pensar muito na gravidade da situação, porém o seu corpo denunciava o estresse, além da ressaca, ela não parava de roer as unhas e balançar as pernas em um ritmo frenético.

Apesar de todas as brigas vivenciadas por anos dentro daquela família, conflitos na maioria das vezes causados pelas traições de Ícaro, ele também demonstrava muita preocupação com o estado da sua esposa. Ele não entendia muito bem como funcionava esse seu impulso por prazer com outras mulheres, pois reservava um apreço grande por Valquíria. Talvez ele a culpasse por engravidar antes de ele terminar a sua faculdade de Belas Artes ou por ter um pai tão autoritário que o obrigou também a seguir a Medicina como única solução para os problemas que ele tinha criado para aquela família com um bebê que não estava nos planos. Todas às vezes que ele pensava nisso, não sabia sair do local comum de pensamentos e ações que não tinham exatamente um motivo aparente para acontecer daquela forma. Ele foi tantas vezes xingado de traidor que acabou levando para si essa alcunha e continuou a vida da forma como o sogro programou, mas transgredindo à sua maneira.

De alguma forma, ele se sentia responsável pela mulher que Valquíria tinha se tornado. Sabia que essa mania dela com cirurgias plásticas tinha a ver com o relacionamento deles e se culpava muito por isso. O que talvez nunca fora possível para ele entender, é esse comportamento quase insano de eliminar e atacar as diferenças, algo característico que a família dela sempre soube fazer com maestria e que acabou aprendendo tão bem quanto. Quando eram apenas namorados, Ícaro e Valquíria experimentaram muitos conflitos com a mãe dela. Havia uma descarada necessidade de que ela fosse a cópia da mãe em todos os detalhes, como uma duplicação que saíra mal feita e Valquíria queria mais era ser parecida com o pai, ninguém entendia que não dava para ser como o outro. Nas tentativas falhas constantes, Valquíria sentia ter decepcionado muito a sua família e nunca fora capaz de se perdoar por isso, tanto que não foi no velório e enterro da sua mãe, a pedido dela própria, pois estavam sem se falar na época de sua morte, já bem idosa, falecera de câncer no útero.

Mesmo não querendo se tornar grosseira como a própria mãe dela foi, Valquíria criou os três filhos sempre os corrigindo por qualquer coisa que fosse. Poderia ser porque não fizeram xixi antes de sair para uma viagem longa, mesmo que eles estivessem sem vontade, ou punindo Irene, ao não participar da sua entrevista em uma revista, por engordar. Sem perceber, a vida das duas era ataque e defesa o tempo todo. Tanto Irene, quanto Caio e Camila lutaram sempre por algo que é vital a qualquer ser humano: a sua própria vida. Seria Medicina para todo mundo e isso não estava na mesa de debates familiar. Valquíria tinha tanta certeza sobre a nobreza da sua causa que encorajou a Ícaro ao mesmo, pois modificá-los era necessário para o bom funcionamento daquele lar.

Se você seguir o exemplo de sua mãe estará salva minha filha. Irene lembrou dessa fala de sua mãe no dia de sua formatura. Sentindo-se atacada no mais íntimo de seu ser, a filha apenas manteve a compostura diante dos convidados e sorriu lentamente para ela, com um olhar esmagador de ódio e rancor. Então, pôs-se a chorar como uma menininha indefesa dentro daquele hospital que seria a sua prisão para a vida toda. Não conseguiu deter as lágrimas que estavam molhando o seu suéter vermelho. Ela não entendia como havia uma dualidade de sensações naquele momento. Sua mãe, entre a vida e a morte, não parecia ser tão ruim assim, mas, simultaneamente, punia-se por sentir isso e entendia que a sua existência era a do outro, o tempo todo era sobre ser a sua mãe, custasse o que fosse preciso e que, se ela morresse ali, dentro daquelas poucas horas que faltavam para terminar a cirurgia, sua vida não faria mais tanto sentido assim.

Camila levantou da cadeira quando percebeu que os médicos estavam saindo daquela porta que levava para a sala de operação. Simplesmente não entendia os motivos pelos quais estava ali tão ansiosa por uma notícia boa, se os precedentes não eram tão positivos assim. No entanto, *a esperança é a última que morre*, falou em alto até que eles abriram a porta e começaram a falar sobre o caso.

Fizemos o que estava no nosso alcance e tentamos reconstruir as fraturas nas vértebras. Ela teria ficado tetraplégica, se sobrevivesse. Infelizmente, após 3 tentativas de reanimação, Valquíria não resistiu aos abalos à caixa craniana e sucessivas paradas cardiorrespiratórias. É com pesar que venho dizer isso para vocês, mas a nossa querida Val nos deixou às 22h45.

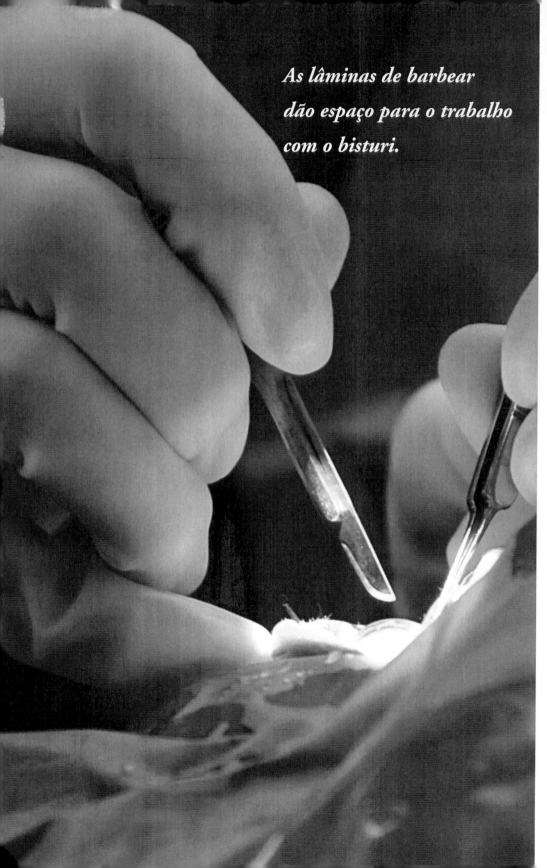

As lâminas de barbear dão espaço para o trabalho com o bisturi.

CAPÍTULO **VIII**

Sublimação Cortante

Tudo era escuridão e inaudível. Compreender que a sua mãe já não estava mais viva era o mesmo que colocar a sua vivência existencial em risco. Para além da relação conflituosa que as duas tinham, reconhecer que a mãe dela a fazia mal não era difícil, a questão era que esse conflito fazia parte da sua vida, como ela ia passar seus dias sem se preocupar com a eliminação discreta que Valquíria fazia, com o terror, expulsões e exclusões tóxicas, que era submetida e sempre foi, desde criança. Tudo era caos para Irene. Sentada em seu carro, após receber a notícia trágica, repousou a cabeça no volante e pensou se era bom mesmo ficar em casa sozinha. Estava querendo se cortar, arrancar aquele mal da sua vida, pois, mesmo adulta, ainda tinha sob a visão da sua mãe o que era certo e errado. Então, pensou se seria uma boa ideia ligar para o Samuel e verificar com a sua esposa se ela poderia passar uma noite lá. Sem pestanejar, a família de amigos aceitou-a em sua casa. Como era esperado que acontecesse, Irene foi abraçada, acolhida e bem tratada por todos os que estavam preocupados com ela, na casa de seu amigo Samuel. Recebeu pijamas confortáveis para vestir, tomou um banho quente e separaram a melhor cama do beliche dos filhos para que ela descansasse em paz, pelo menos naquela noite. Eles não perguntaram sobre nada, já sabiam, àquela altura nos noticiários, afinal de contas, a dona da principal rede hospitalar da cidade havia morrido em um acidente trágico.

Ao lhe trazer escovas de dentes recém-compradas na farmácia ao lado, Leda, esposa de Samuel, foi surpreendida com um abraço. *Obrigada por não me deixar sozinha em casa, eu estive com medo de pensar em coisas ruins,* falou Irene.

Fique tranquila. Sempre que escuto meu esposo falar de você percebo a admiração que ele tem pela amizade de vocês, respondeu.

Você é mesmo uma mulher diferente. Minha mãe jamais deixaria outra mulher pisar na casa dela nessas circunstâncias. Estava sempre desconfiada do meu pai, sabe?

Samuel não é santo, mas sei que ele respeita nosso relacionamento. Confio nele, fique tranquila. Estamos te ajudando de peito aberto. Quero que sejamos amigas, Leda finalizou a conversa e fecha a porta do quarto com olhar de ternura.

O que Irene tinha medo era de provocar um prejuízo sem precedentes para si, uma tentativa de suicídio, pois era em tudo o que ela pensava no momento. Apesar de a noite ter sido muito complicada e triste, ela conseguiu dormir e descansar o suficiente para o dia que estava por vir.

O velório se deu da forma mais pomposa e tradicional de famílias ricas e empoderadas. *Tudo conforme o figurino,* lembrou da figura de linguagem usada pela sua mãe. Gradualmente, a ficha ia caindo sobre os desafios que aconteceriam depois que tudo isso passasse. Essas cerimônias, por mais estranhas que possam ser, e até mesmo causar medo em certas pessoas, Irene entendia ser um ciclo importante de passagem, que era necessário que se fechasse o ritual de morte dessa maneira para que os vivos pudessem continuar suas vidas, sabendo que enterraram seus entes e que essa pessoa não voltaria mais.

Irene não sabia que seria dali em diante. Essa volta que nunca mais ocorreria seria tratada de que forma? Liberdade? Mais prisão? Ficou pensando que se isso tivesse acontecido quando ela era mais jovem, o que ela teria se tornado? Será que o seu destino não seria traçado pelo pai também? Ele teria forças para cuidar de tudo em casa ou teriam uma madrasta que faria exatamente o que o mestre mandasse? Nessa perspectiva, Valquíria, morta ou não, nada deixaria de ser como sempre foi e não conseguiu sentir o mínimo de controle sobre a sua vida. Ideias passavam pela sua mente, acreditava que, se não tivesse nascido, não teria dado tantos problemas assim. Seu pai, que não seria pai de ninguém, talvez, estivesse pintando telas lindíssimas e teria ganhado o mundo com a sua arte. Sua mãe teria tido filhos com outra pessoa, depois que percebesse que Ícaro tinha tendências para traições. Caio e Camila sequer teriam existido, pois os pais não teriam se casado. A conclusão que ela chegou é que nem mesmo Ícaro e Valquíria teriam se despojado do matrimônio se não fosse por ela. Considerava, então, que essa união não passou de termos burocráticos para seus avós e que era a principal causa das dores e problemas familiares. Com tanta pressão na sua cabeça, tudo o que queria era se jogar na frente de um carro, no entanto, não conseguia nem mesmo se matar, já que precisava de muita coragem para isso, pensara. Tudo estava nebuloso em sua vida e nada estava mais fazendo sentido, como se, daquele momento em diante, ela tivesse perdido parte dos alicerces que a seguram neste mundo caótico.

Por mais que isso parecesse estranho, Danilo entrou em contato para prestar suas condolências. Conversaram normalmente como se nunca foram casados, um dia. Ele pareceu preocupado, mas também distante, o que não era de se estranhar para ela. Eles se falaram no telefone por um bom tempo, ouviu as desculpas mais sinceras que ele pôde dar, por tudo o que tinha causado para ela. Revelou ter se casado novamente, com um homem, e estava feliz, apesar de ter sido deserdado pelos seus pais. Mantinha a sua vida nos Estados Unidos, estava trabalhando ainda como médico e não tinha tantas preocupações com dinheiro assim. Ele tinha percebido que fez muitas besteiras na vida e que estava tentando se reconstruir lentamente com terapia.

Irene recebeu e aceitou as desculpas de bom grado. Mesmo com raiva por tudo o que lhe acontecera e por boa parte das suas questões com seu corpo tinham sido corroboradas pelo jeito abusivo dele, ela estava feliz, principalmente porque não estavam mais juntos e que tinha se livrado de um futuro bem pior. Alegrou-se por ele contar sobre a terapia e como isso tinha o encorajado a casar novamente e, ao desligar o telefone, sentiu ser a hora de ver de novo o Miguel. Ligou para Talita, que estava em Londres, em uma temporada com a sua galeria de arte, mas, como uma boa amiga, atenta à Irene, falavam-se diariamente, até mesmo no dia do enterro de Valquíria. Miguel esteve presente e disse-lhe boas palavras amigas. Não chegou a tocar sobre o assunto "análise", só que, de certa maneira, sabia que o olhar dele dizia isso... Dizia para ela voltar. Ou pelo menos era o que ela gostaria que ele tivesse pedido. Irene foi até a caderneta de telefones antigos que ficava em cima da sua geladeira e, procurando na letra M, encontrou o nome de Miguel na primeira opção e também a única. Ligou para seu analista, que atendeu prontamente. Marcaram uma sessão para ainda aquela semana e assim começaria mais um tempo de análise com aquele psicanalista que não teve tanto tempo assim para conhecê-la melhor. Talvez fosse isso que ela queria com aquela despedida precoce por telefone, que ninguém mais a conhecesse, já que nem a ela foi lhe dado esse direito.

Aquele trajeto até ao Largo do Machado pareceu-lhe bem mais distante do que quando seu motorista particular a levava. Irene estacionou o carro em frente àquelas grades brancas, com gotículas de tinta a óleo no parapeito cor-de-rosa, da mesma forma como antes. Era como um giro no passado e, depois de tantos anos, aquela casa estava exatamente da mesma forma como ela se lembrava. Claro que com outros quadros e outros tapetes, mas muito mais reservada do que aquele ambiente de outrora. Até mesmo o divã tinha certeza que era o mesmo, pois tinham umas marcas de unhas que ela mesma fez. Só que o veludo não era mais verde-musgo e sim um vermelho fechado, quase um vinho, ou melhor, vermelho-sangue. Daquela vez, Miguel abriu as portas do consultório para ela. Não estava sentado na sua cadeira, com um caderno pequeno de anotações já pronto para escrever tudo aquilo que achara sobre os seus pacientes. Para quebrar o gelo, Irene iniciou a conversa: *Ainda anota tudo sobre os malucos que te procuram?*

Nem todos, só aqueles cuja maluquice está somente nas fantasias, respondeu Miguel de bom humor.

Mas, isso aqui nada mudou, né? Você me fez voltar ao tempo.

A qual tempo deseja voltar, Irene?

Aquele tempo que eu podia fazer mais por mim...

Foram intermináveis 40 minutos sem permitir Miguel fazer uma pontuação. Ela se danou a falar como se tivesse perdido anos de sessão, o que não era uma inverdade. Falou bastante sobre como foi sua vida, sua faculdade, porres, casamento falido, morte da sua mãe e o quanto era parecida com o seu pai por gostar demais de artes e o quanto isso a incomodava. Por fim, Miguel percebeu ser isso que no momento estava em jogo, ela precisava ser ouvida e qualquer interpretação sobre o que ela dissera poderia ser encarado de forma negativa. No fim da primeira análise, Miguel fez um sinal de quem tinha entendido tudo o que ela havia despejado ali e marcou a próxima sessão no mesmo dia e horário, na semana seguinte.

Quando saiu dali, sentiu vontade de ir à casa de seus pais fazer uma visita. Estava com os sentimentos misturados, mas queria encontrar seu antigo diário, guardado na garagem, em algum lugar. Lá continham as mais diversas histórias da sua vida, reclamações e lamentações. Precisava começar de um marco zero se quisesse voltar a escrever suas histórias. Sentia que isso ia ajudar de alguma maneira a entender melhor o que estava acontecendo na sua vida, como quando ela resolvia escrever no caderno toda a transcrição que os professores falavam em sala de aula, só para ter certeza de que nada perdeu e que faria a melhor prova possível. Ao chegar por lá, Celso, o caseiro, abriu a porta e avisou que Ícaro estava no Santo Agostinho. Ela agradeceu e apertou a mão dele. Subiu as escadas para ver como estava o quarto de seus pais e sem querer viu o escritório da sua mãe entreaberto, o que deu vontade nela de entrar. Ficou sentada por um tempo admirando a quantidade de livros que ali estava, perfeitamente ordenada por nomes e estilos. Valquíria gostava de ler, era inteligente e culta. Seus olhos fixaram-se em um livro pequeno, porém gorducho, de mitologia grega, que destoava de toda aquela organização.

Puxou o livro e percebeu que uma das páginas estava marcada com uma pequena dobrinha na orelha, o que a deixou curiosa para ler. Ao perceber que o significado do seu nome estava marcado de tinta verde, parou e leu em voz alta:

Irene: a pacificadora, a pacífica. Vem do nome grego Eiréne, que quer dizer "paz". Na mitologia grega, era uma das Horas, filhas de Zeus e Têmis, deusa guardiã da ordem natural, do ciclo anual de crescimento.

Ao folhear o livro, já chorando, encontrou uma pequena folha de papel-ofício escrita a lápis: *Traços da personalidade de Irene – versátil, pragmática, adapta-se facilmente à realidade, emocionalmente equilibrada, centrada nas suas convicções e não se deixa dominar.* Tomada por um ódio que não sabia de onde vinha, quando leu que Irene tinha o traço indomável, atirou o livro pela janela, quebrando parte do espelho e do vidro que a ornamentavam. Eva percebeu o movimento e correu até o quarto, viu Irene chorando e elas se abraçaram, olharam-se e recebeu um beijo de Irene, em seu rosto.

Resolveu ir direto para a garagem, fazer o que tinha pensado, pegar o seu diário e ir embora daquele lugar. Contudo, não achou o que estava procurando, as caixas estavam fora do lugar e muita coisa da sua mãe já tinha sido doada para a caridade ou dividida entre familiares. Sentou no meio fio que dava para o jardim e começou a chorar compulsivamente. Ao reparar que seu pai estava encostando o carro e chegando em casa, mais cedo do que o comum, tratou de enxugar logo suas lágrimas e recebê-lo cordialmente.

Ah Irene, que bom te encontrar aqui, fique para um café comigo?, perguntou Ícaro.

Estava de saída, mas tudo bem, respondeu ao seu pai.

Sentados à mesa, Ícaro perguntou se ela ainda gosta de *wafles* e ela acenou positivamente. Ele começou a fazer a mesma mistura de Valquíria, quando ela era criança, e falou sobre ela, em um tom saudosista e entristecido. Irene escutou tudo com atenção, mas fingindo que não. E quando ele falou sobre a decisão de seu sogro sobre o hospital ser um legado para a família, ela decidiu ser a hora de ir embora e deixou metade da sobremesa de lado. E, sem muito entender, Ícaro reclamou a Celso sobre as intempestividades de Irene, que nunca soube ser agradecida pelo que tem.

Cada vez mais abalado com a partida da sua esposa, Ícaro estava pensando ser o momento de jogar a toalha e se aposentar. Irene era um bicho do mato, mas sabia se virar muito bem e ela poderia tomar conta de tudo para ele descansar um pouco e aproveitar mais a velhice. Na verdade, sentia-se sem forças, estava entrando em depressão, estava sendo cuidado mais ativamente por Camila, que, além de morar mais perto, tinha mais paciência com o seu pai.

No domingo seguinte, Ícaro chamou os filhos para um almoço familiar e tratou de assuntos de negócios, sua linguagem habitual. Sem esperarem por isso, despejou toda a responsabilidade no colo de Irene, que à altura do campeonato só consentiu, mas saiu de lá enraivecida e se manteve assim até segunda-feira, no horário de sua análise com Miguel.

Apesar de não entender bem os motivos pelos quais não sabia dizer não para o seu pai, a verdade é que ela não estava em condições de contestar nada, pois sua saúde mental também não ia bem e vê-lo debilitado a fez pensar que poderia dar conta do recado, como filha mais velha. Só que a verdade era outra, que até ela desconhecia. Falava para Miguel sobre uma falta que ela não sabia de onde vinha, que sentia um vazio no peito, algo existencial como se ela não fosse ela mesma e que nem sabia que um dia poderia ter sido. Era um terreno pantanoso, não conseguia enxergar um passo adiante, apenas agir no automático das coisas, como foi treinada a vida toda. Era um buraco que a morte de Valquíria tinha feito e ela morria de medo de se tornar como sua mãe, assumindo essa diretoria do Santo Agostinho, só que também via isso como uma responsabilidade que somente ela podia assumir, pois tinham muitas vidas em jogo, além das pessoas que trabalham no hospital, os pacientes e seus irmãos e sobrinhos. Tudo aquilo para ela parecia um fardo... Só que possível passar, já que ela mesma não tinha filhos e não se sentia presa por nada em lugar algum e esse, talvez, fosse o passo mais importante para ter algo que a segurasse aqui neste mundo e os pensamentos suicidas fossem embora de uma vez por todas, para Irene seria um recomeço.

O que seria recomeçar nessa história, Irene? Me parece que você está apenas fazendo aquilo que é o esperado desde a sua infância. Não faz sentido?, perguntou Miguel durante uma sessão.

Não sei mais o que faz sentido, sabe? Eu não gostava tanto da minha mãe assim, até a perceber morta, gelada, sem vida na minha frente. Eu perdi a oportunidade de dar o último beijo, de tentar resolver as coisas entre a gente. Perdi até a oportunidade de falar o quanto eu sentia raiva por ela ter me obrigado a ser quem eu não sou, explicava entre soluços e choros.

Esse sentimento de luto é bastante dolorido mesmo. Algumas pessoas superam mais rápido que as outras. Faz oito meses desde que sua mãe faleceu, acho razoável que ainda se sinta desta forma. Por outro lado, a vida não dá um desconto para a gente pegar um ar, né? Tem essa questão do seu pai a ser resolvida. Você já perguntou para seus irmãos o que eles pensam a respeito?, questiona o analista.

Não. De repente a Camila gostaria de assumir tudo isso e eu ficaria livre?! Eu seria o principal motivo de desapontamento para o meu pai... Eu só conseguirei ser livre quando ele se for também, relatou ela.

Esses grilhões que te prendem às decisões dos seus pais foram bem amarrados. Há gente que não consegue cortar o cordão umbilical nunca, mas percebo você se esforçando para isso. O que te impede se você é uma mulher independente?, questionou Miguel.

A independência é relativa, concorda? Não me falta dinheiro, não me falta poder, nem status social. Me falta amor. Esse vazio que eu sinto é falta de compreensão, carinho, cuidado que eu nunca tive quando era criança. Você sabe, você lembra dos meus pais naquele primeiro dia aqui. Eles queriam que eu descobrisse que não tinha saída para mim. No final das contas não tinha mesmo, eu te dei um belo tchau para não sobrar dúvidas do que eu precisava fazer, constatou Irene.

É verdade, Irene. Às vezes a resistência pode nos pregar peças. Mas, o que me deixa surpreso é o quanto de culpa e julgamento sobre si você carrega. Ninguém mais precisa ser o seu carrasco, você já ocupa essa posição brilhantemente, disse Miguel.

Entendo o que está querendo dizer. Mesmo eu estando aqui, tentando melhorar, não consigo enxergar o avanço que estou fazendo ao constatar que há algo de errado comigo. Isso deveria bastar? Busco uma verdade que nem sei se existe, reclamou Irene.

Tenho medo de pessoas que acham que a verdade é absoluta. Mas, no geral, se você acha que pode algo, você está certa. Se você acha que não pode nada, você também está certa. Tudo depende de você acreditar no que pode ou não fazer, ser, querer, desejar. Miguel costurou as palavras de uma maneira que fez Irene ficar em silêncio por 5 minutos.

Suspeito que eu deveria sair com a Talita pelo mundo, criar as minhas obras e expor tudo no Studio 77. Se eu não fosse tão contraditória, seria isso que faria, respondeu a paciente, dando indícios do seu desejo.

Miguel tratou logo de cortar a sessão, pois achou que chegaram no que importava, por enquanto. Despediu-se de Irene e confirmou o próximo encontro no mesmo dia de semana e mesma hora. Ela acenou para ele positivamente, pegou a chave do carro e se dirigiu pela porta afora com a sensação de que algo importante estava para acontecer. Naquela noite ficou uma sombra em sua cabeça, fora difícil mesmo de dormir, pois seu raciocínio estava trabalhando de maneira única. Seria essa uma percepção de que a análise estava surtindo algum efeito após voltar há alguns meses?

No dia seguinte, Irene acordou e preparou um belo café da manhã, havia suco de laranja, geleia de morango, pães quentes, café com leite, pão de queijo e requeijão. Alimentou-se sem culpa, não induziu vômitos. Na verdade, isso nem passara em sua cabeça. Ela só queria aproveitar as delícias de que gostava, pois teria um dia longo pela frente. Algumas cirurgias marcadas no Souza Aguiar, estava cobrindo férias de um médico também, o que significava que ficaria no hospital por mais tempo. Reservou-se ao direito de não dar uma resposta rápida ao seu pai, apenas queria pensar melhor sobre isso e aquele não era o momento. Tomou um banho quente, deixou a água cair devagar em suas costas e cabeça. Foi passando o sabonete sem pressa, estava curtindo a ideia de se cuidar. Ao terminar, secou-se com uma toalha felpuda, passou seus óleos preferidos pós-banho, vestiu-se e pegou o jaleco que estava atrás da porta da cozinha. Pegou a estrada, dirigiu até o hospital e, ao chegar, cumprimentou a todos da mesma forma como fazia antes, mas com um olhar mais sereno e um sorriso calmo. Viu Sandro atendendo e acenou de longe, foi cuidar dos prontuários e ver quem seria o primeiro caso. Ao entrar na sala de cirurgia, viu a mulher que estava prestes a operar e tomou um susto!

Nossa, por um momento eu vi a minha mãe ali deitada na maca, resmungou ao lavar as mãos.

Tratava-se de uma mulher parecida com Valquíria, só que aproximadamente 15 anos mais jovem. Aquilo a incomodou de forma que não sabia exatamente explicar, mas seguiu os procedimentos necessários. Irene não sabia dizer o prazer que sentia ao cortar a carne de alguém e, naquele momento, a ideia de cortar alguém parecida com a sua mãe foi boa para ela. Sentia que usar o bisturi para ajudar a outras pessoas lhe retirava a vontade de cortar-se com lâminas de barbear, que por isso estava fazendo algo de bom com o que aprendeu. Essa era a sua maneira de sublimar sua dor. Giovana, a paciente, passara bem no pós-operatório. Irene foi vê-la pessoalmente e quis saber de onde ela era. A moça explicou que veio de Minas Gerais para ocupar um cargo público de um concurso que fizera, não conhecia bem o Rio de Janeiro, mas estava feliz por ser acolhida por um casal de amigos de seus pais. Ela precisou de cirurgia para a retirada da vesícula, pois algumas dores que sentia na barriga estavam ficando insuportáveis.

Gostei de te conhecer, você se parece com a minha mãe, claro, mais jovem, contou Irene, esperando que Giovana desse continuidade ao papo. Contudo, apenas sorriu e acabou pegando no sono.

Durante todo o dia, Irene se ocupou em pensar sobre a conversa com Miguel. Ela não estava entendendo o quanto a sua mente estava inclinada a abandonar a Medicina e tentar praticar mais a pintura. Mesmo hesitante, fez uma lista do que precisaria para iniciar pinturas em telas, comprou tudo na Amazon e em alguns dias recebera em casa o *kit* que escolhera com cinco telas, para iniciantes. Como era sábado e não estava de plantão, achou ser uma boa ideia começar a fazer alguns rabiscos em casa. A ideia parecia genial, se não fosse uma visita inesperada de seu pai.

Ícaro queria saber a resposta dela sobre tomar conta do Santo Agostinho e ela havia esquecido completamente sobre essa "urgência familiar". Estranhou quando ouviu o interfone tocar, mas de todo modo atendeu perguntando de quem se tratava. Quando ouviu a voz de seu pai, Irene congelou, pois estava com a sua casa virada pelo avesso, tintas para todo o lado, telas desenhadas, sua roupa estava parecendo uma paleta de tantos borrões. No entanto, resolveu que o atenderia assim mesmo, ela não tinha motivos para se envergonhar do que estava fazendo. Ela estava ali passando o tempo dela, da forma como ela queria e bem entendia. Mesmo assim, ficou bastante descompensada com a possibilidade de reação negativa do seu pai e, ao abrir a porta, sem querer disse: *Posso explicar, pai*, como se tivesse sido pega em uma traição.

Ícaro olhou desconfiado para a roupa de sua filha, percebeu telas e tintas espalhadas pela sala inteira e começou a ter uma reação alérgica bastante típica. Irene começa a tentar acalmá-lo, mas nada dava jeito. Sequer ele conseguia falar algo para brigar com ela. Ao procurar por um copo d'água, ao caminhar até a cozinha, ele se deparou com uma pintura de Valquíria, que Irene havia concluído mesmo sem muita prática. Ícaro deixou o copo cair e se descontrolou ao chorar bastante. Sem entender bem se a reação dele era boa ou má, Irene viu seu pai simplesmente pegando a tela e saindo de sua casa com a obra em mãos. E dessa forma, curta e grossa, foi a visita de seu pai à sua casa. Não houve espaços para discussões, lições de moral ou brigas. Ele só pegou a tela com a pintura de sua esposa e foi embora. Irene não sabia o que fazer, se ia atrás dele para confiscar sua pintura, se tentava ver se ele havia chegado bem em casa, nem cogitou a ideia de visitá-lo depois, pois não tinha coragem de saber o que ele estava pensando sobre aquilo tudo. Ela jamais pensou que no dia que ela resolveu pintar por horas a fio seu pai a visitaria. Parecia coisa de destino, o destino de Irene.

O legado de um pai que sofre é manter a família unida.

CAPÍTULO **IX**

A Vida Sabe
o Que Faz?

O sofrimento é fio condutor para as vinganças ou se desenrola para deixar de doer. No caso de Ícaro, a perda de Valquíria causou mais dor do que ele imaginaria. Logo ele, que era apontado por suas falhas morais, por tê-la traído com várias mulheres, aparentava ser um homem sem sentimentos, que apenas vivia para os negócios, que lhe fora conferido por seu sogro. Havia muitas coisas que Ícaro precisou deixar para trás para ser a pessoa que Valquíria e sua família esperavam. Mesmo sendo de família rica, cursando Belas Artes, que era a sua paixão verdadeira, ao se perceber precisando cuidar da sua família não pensou duas vezes e aceitou a obrigação mascarada de convite para se tornar um médico e assumir o hospital Santo Agostinho. Talvez por isso tenha se tornado cardiologista, afinal de contas, na impossibilidade de consertar o seu próprio coração, faria pelos outros o que não pode fazer por si. Ao sentir-se arrancado da sua vida que tinha planejado de maneira tão cuidadosa, não percebeu que tudo o que se referisse a pintura, obras de artes e telas de desenhos seria motivo para desenvolver uma alergia severa que o deixava totalmente vermelho, a ponto de, às vezes, sentir a sua glote fechar.

Ícaro precisou assumir o papel de um novo homem rapidamente, sem saber como isso seria exatamente. Casara por amor à Valquíria, isso não era uma dúvida do seu ser, no entanto, precisava se vingar daquela pessoa amada a qualquer custo, pois foi devido à sua família que ele não tinha mais como se tornar artista. Sabia que a chegada de Irene seria desafiadora, pois não estava preparado para ser pai e tinham muitas questões na sua cabeça, que o afastava de qualquer tentativa de afeto. Foi por isso que ele encontrou nos negócios a desculpa perfeita para se tornar alguém ausente para seus filhos, não somente com Irene, mas com os dois que vieram depois. Na cabeça dele, quanto mais se ocupasse de trabalho, menos teria tempo para pensar que perdera feio sua autonomia. E tudo o que ele não queria era pensar no passado. Ao trair Valquíria, não percebia que traía a si próprio. Ele se vingava da mulher que amava, mas também lhe causava prejuízos, pois eram ações impensadas, automáticas e quase sempre sem um raciocínio do porquê precisava disso. Passou a vida toda convivendo com seu pai e sogro, homens machistas, então entendeu ser assim que daria vasão às suas faltas e questões mal resolvidas. Custando, inclusive, sua felicidade ao lado de Valquíria. Nada o que justificaria seus atos, mas para todo ato, um passado de situações que lhe parecia conveniente e sua esposa era a bola da vez. Gradualmente foi dando adeus a um homem amável, corajoso e fiel, a quem Valquíria tinha escolhido para ser seu par.

Valquíria era uma mulher determinada desde cedo, o seu principal referencial era seu pai, a quem queria agradar de qualquer jeito, exatamente por isso que nunca entendeu os motivos pelos quais ele escolhera seu marido para tratar dos negócios do hospital, se ela era tão competente quanto, se ela era tão capaz e médica quanto Ícaro, que precisou se formar para então assumir o Santo Agostinho. Para Valquíria nunca fora lhe dada essa oportunidade. Ela assumiria as coisas em conjunto, seria coadjuvante, e isso demonstrava, nela, uma raiva gigantesca tanto de seu pai quanto de Ícaro, que se viu cercado de poder e não se questionou se sua esposa estava feliz com a decisão. É como se ele tivesse se apropriado do mito grego que seu nome representa: quanto mais perto do Sol, mais brilho se quer, o problema disso é que uma hora a asa poderia se descolar da pele de Ícaro e a queda seria brutal. Apesar de tanta determinação, nunca conseguira questionar ao seu pai sobre isso. E quando ele morreu, Ícaro assumiu tudo, Valquíria continuou trabalhando no hospital como ortopedista, tinha um cargo de vice-presidente, mas não decidia nada, então começou a se fechar no seu mundo particular de incertezas. Ela sentiu também, no fundo que, pelo simples fato de ser mulher, seu pai não permitiu que ela fosse a cabeça dos negócios da família, ela entendeu que sua condição de gênero era o suficiente para ela ser menos que Ícaro, que era constantemente comparado a um filho, por seu sogro (o filho homem que ele não teve). Além de tudo, ela perdeu sua posição de filha. Com o passar dos anos, isso lhe deu um amargor tão grande e não percebeu o quanto se distanciava de seu marido, tratando-o com raiva e indiferença, principalmente quando descobriu as traições, mas nunca conseguiu pedir o divórcio, pois havia muitas coisas em risco, principalmente o Santo Agostinho. Ela se culpou pelas traições, não entendeu os motivos de Ícaro querer outras mulheres. Para ela, como aprendeu com sua mãe, mulher que se cuida, que se mantém no peso ideal e que parece mais jovem tem o esposo sempre às suas mãos. No entanto, Valquíria sentiu que tinha falhado como mulher, pois tinha três filhos e jamais deixou que seu corpo sofresse abalos aos quais poderia se arrepender profundamente. Escrava da beleza, dos padrões impostos pela sua mãe e corroborados em uma sociedade essencialmente patriarcal, Valquíria tinha dinheiro o suficiente para realizar quantas cirurgias plásticas quisesse, fazer a terapia desintoxicante que precisasse ou realizar qualquer procedimento em busca de beleza, magreza e jovialidade, e foi assim que ela aprendeu com sua mãe e transmitiu às suas filhas. No entanto, nada disso tinha sido o suficiente para manter Ícaro sem a trair. O casal estava fadado ao fracasso, antes mesmo de casar e constituir família. Eles já estavam vencidos, antes mesmo do primeiro *round* começar.

Quando Ícaro sentiu que não tinha mais a sua esposa do seu lado, suas asas começaram a decair, uma por uma, e o sentido da sua vida, aos poucos, deixou de existir. Entrando em uma depressão profunda, não queria mais ser diretor daquele hospital. Se ele pudesse escolher, teria ido com Valquíria. Com os filhos criados e prontos para assumir qualquer responsabilidade, ele só queria estar em paz com sua mente, já que sentia que fez coisas imperdoáveis e a consciência começou a bater na sua porta. Foi tão difícil para ele ver que Irene era parecidíssima com ele, até na arte. Aquele dia em que foi até o seu apartamento ficou guardado em sua memória, mas jamais disse o que sentiu para a sua filha mais velha. Ele queria poder ter dito para seguir seu destino, deixar o hospital para trás porque ela não estava fazendo o que gostava e ele tinha muita responsabilidade nisso. Apesar de ele ter conseguido largar a arte e até ter tomado certa raiva deste mundo, percebeu que Irene não, pois ela, mesmo com todos os esforços de seus pais, continuava lá com a sua arte, fez uma tela lindíssima da sua mãe, a qual o deixava extremamente orgulhoso, orgulhoso demais até para admitir à sua filha o que ele pensava de verdade. Eles nunca tiveram uma conversa definitiva a respeito do talento de Irene e como ele se arrependia de ter levado as coisas naquele grau. Continuava usando sua máscara de insensibilidade diante de tudo e de todos, inclusive com seus filhos. As coisas só foram ficando mais difíceis, pois com o passar dos anos, mais tempo ele queria ficar confinado em casa, dentro de seu quarto, onde ninguém podia mais entrar, era uma espécie de território proibido, nem mesmo os faxineiros podiam ultrapassar o limite da porta. Era Ícaro mesmo que fazia toda a limpeza e deixava os sacos de lixo no corredor para ser retirado.

Naquele dia em que seu pai saiu de sua casa sem uma justificativa sequer para levar a sua tela, Irene achou que ele tivesse jogado fora na primeira caçamba de lixo que vira na rua. Ela procurou desesperadamente em algumas esquinas a primeira tela que teve coragem de finalizar, mas sem sucesso, decidiu voltar para sua casa e não mais pensar sobre o que acontecera. Seu pai nunca mais deu uma palavra sobre esse encontro, apesar de 5 anos terem passado, nem mesmo para criticar nem ter alergia. A única coisa diferente que ela percebeu, quando ia visitá-lo, era que em um dia qualquer, sem nenhum motivo, ele começou a beijar a cabeça dela, todas às vezes que aparecia. Irene não ousou perguntar o motivo e como a questão da depressão estava sendo tratada, então ela se reservou a pensar que poderia ser algum tipo de afeto que ele estava tentando demonstrar. Foi até difícil conversar sobre isso na sua análise, com Miguel, pois ela, que nunca tinha recebido um carinho do pai, no final de sua vida resolvera beijar a fronte.

Algo também tinha mudado conforme os anos foram passando. Ícaro nunca mais perguntou o motivo pelo qual Camila teria assumido a direção e presidência do Santo Agostinho, apenas aceitava calado. Era Camila quem tinha verdadeiro fascínio pelo hospital e que estava pronta para ter consigo essa responsabilidade e legado. Caio estava perfeitamente bem adequado como vice-presidente e ainda trabalhando como médico com sua esposa. Irene continuava do jeito que ficou por anos, sendo o primeiro nome nas cirurgias, cuidando dos pacientes e salvando vidas. E foi assim por longos anos, até que Ícaro não conseguiu mais sustentar a falta de Valquíria neste mundo e morreu em seu quarto, vítima de um infarto. Estava sozinho em casa nesse dia e já havia uma semana que seus filhos não iam visitá-lo. Quem percebeu um cheiro estranho na casa foi a Eva. Quando abriram a porta, foi um misto de desespero e curiosidade, pois o quarto de Ícaro estava repleto de telas, todas pintadas por ele, exceto a primeira tela de Valquíria, que ele havia pegado na casa de Irene. Todas as telas eram sobre a vida e obra de sua esposa, retratavam Valquíria nos mais diversos momentos de sua vida, no trabalho, cuidando das pessoas, estudando, participando de conferências, tornando-se mestre, doutora, festa de aniversário das crianças, exatamente tudo o que ele se lembrava do passado da família, sempre com sua esposa em posição de destaque. Nada poderia ser mais bonito e poético naquele quarto, se não fosse o fato de um homem estar morto em cima da sua própria cama.

Irene, Caio e Camila foram avisados do que aconteceu e todos eles foram imediatamente para casa de seus pais. Imagina o susto que tomaram quando viram um quarto mais parecendo com uma exposição de arte e o corpo do pai, ao lado, com um lençol completamente manchado de tinta. Se Ícaro não pôde ser o que quis a vida toda, em sua morte, ficou lembrado como o artista do tempo que não queria terminar, com as mais vívidas lembranças das histórias de família, como se ele quisesse dizer algo em morte, o que não conseguira dizer em vida. Apesar da morte dele, não se compara com o susto que fora com o dia em que Valquíria tinha morrido, pois não era nada esperado. Para as condições daquele homem, convivendo com depressão há anos, com a saúde frágil pela idade, ele foi embora em paz, dormindo e, ao que tudo indica, fazendo o que mais gostava, quando jovem, pintando.

Durante o velório, Irene não pensava em outra coisa a não ser pedir ajuda para Talita catalogar aquilo tudo e, quem sabe, fazer uma exposição com as obras de seu pai. No final das contas, ela queria fazer algo por ele, pois entendeu que a vida não fora justa com Ícaro, mesmo nunca o perdoando pelo que aconteceu com a sua vida, pessoalmente. Ao passar uma semana do ocorrido, Irene levou sua melhor amiga na casa de seus pais e fotografaram todas as peças que estavam no quarto, eram exatamente 32 obras de arte, entre supertelas e pequenos quadros, às vezes misturando surreal e clássico. Para surpresa de todos os irmãos, a exposição de seu pai foi a mais longeva de toda a história do Studio 77, as obras foram todas vendidas e a primeira fora o quadro de Irene, que fazia parte da coleção, a única assinada por ela.

Durante todo esse tempo, Irene não perdeu sequer um dia de análise e foi trabalhando seu inconsciente com Miguel, seu paciente- analista. Ela fortaleceu sua autoestima, não deixou de ser médica, e continuou trabalhando no Lourenço Jorge apenas. Irene não era mais parte do quadro efetivo de médicos do Santo Agostinho, ela optara por exercer a Medicina em um espaço público e também cuidando da sua carreira como pintora. Ela se tornou sócia do Studio 77 com Talita e passou a expor suas obras de arte no circuito francês e alemão, ganhando muito dinheiro com seu talento, além de ter estudado Belas Artes e usado parte do seu legado e dinheiro com políticas públicas de incentivo à arte e à saúde. Ela trabalhava ativamente para encontrar talentos nas periferias e também incentivava novas formas de artes, como o grafite, com diversos circuitos em seu próprio Studio 77, buscando valorizar os novos talentos que não teriam encontrado seus destinos se não fossem projetos como o dela.

Alguns sintomas desapareceram para sempre, como os transtornos alimentares, vômitos induzidos, necessidade de emagrecimento a qualquer custo e dificuldade de lidar com pessoas. Irene nunca quis ser mãe nem ter uma família com marido e crianças. Preferiu dedicar sua vida em seus projetos sociais, pintar, ser médica cirurgiã e viveu feliz da forma como era possível ser. Desde então, o seu destino passou a ser seu: O Destino de Irene.